Ce livre
appartient à

Fantômette

RETROUVEZ Fantômette DANS LA BIBLIOTHÈQUE ROSE

Fantômette au carnaval
Fantômette et la télévision
Fantômette et le château mystérieux
Fantômette et son prince
Fantômette et les 40 milliards
Les sept Fantômettes
Fantômette et la lampe merveilleuse
Fantômette contre Fantômette
Fantômette s'envole
Fantômette ouvre l'œil
Fantastique Fantômette
Fantômette brise la glace
Fantômette et le masque d'argent
Les exploits de Fantômette
Fantômette et le trésor du pharaon
Fantômette et la Dent du Diable
Pas de vacances pour Fantômette
Fantômette contre le hibou
Fantômette contre le géant
Fantômette en danger
Fantômette fait tout sauter
Mission impossible pour Fantômette
Fantômette et la maison hantée
Fantômette et la grosse bête
Fantômette à la Mer de Sable
Fantômette et le brigand
Fantômette chez le roi
Fantômette et le Dragon d'or
Fantômette viendra ce soir

Georges Chaulet

Fantômette viendra ce soir

HACHETTE

Hachette Livre, 43, quai de Grenelle, 75015 Paris.

Chapitre 1

L'homme à la moto

La motocyclette rouge fonçait dans la nuit, accompagnée d'une effroyable pétarade qui réveillait les braves bourgeois de Framboisy. Son rugissement résonna tout au long du boulevard Picrochole, se répercuta sur les murailles du musée Gromignard, lança des échos assourdissants sur la place des Transistors.

Fantômette murmura, agacée :

« Quel boucan ! Ça ne devrait pas être permis, de rouler à cette heure avec un échappement libre ! »

Cette nuit-là, Fantômette se sentait d'assez mauvaise humeur — ce qui était contraire à sa nature plutôt portée à l'optimisme. Elle venait de passer deux heures sous une petite pluie fine, dans un parc de voitures d'occasion, à surveiller un garagiste qu'elle soupçonnait de receler des voitures volées. Sans aucun résultat. Deux voitures avaient disparu en ville au cours de la matinée, mais elles n'avaient pas reparu chez le garagiste, et la jeune détective en avait été pour ses frais.

Enveloppée dans sa cape de soie noire, coiffée de son bonnet à pompon, le visage dissimulé sous un masque, elle allait d'un pas tranquille à travers les rues de Framboisy, sans souci des rares passants qui se hâtaient de rentrer dans leur logis.

Quand la motocyclette arriva à sa hauteur, longeant le trottoir en faisant jaillir l'eau du caniveau, la jeune justicière dut faire un bond de côté pour éviter d'être éclaboussée. Ce qui redoubla son mécontentement contre le malappris qui se livrait au tapage nocturne et à l'arrosage intempestif des trottoirs. Alors qu'elle était en train de souhaiter cent pannes et mille crevaisons au motocycliste, celui-ci ralentit et s'arrêta près d'un carrefour, devant la boutique d'un bijouticr. Il cala sa machine vrombissante le long du trottoir, mit pied à terre, s'approcha de la vitrine du magasin. Fantômette le vit lever le bras, puis elle entendit le craquement d'une vitre qui se brise...

L'inconnu remonta très vite sur sa moto et repartit à toute allure. En un instant, il disparut dans l'épaisseur de la nuit.

Fantômette s'était arrêtée, surprise par la soudaineté de l'événement. Sans prendre la peine de réfléchir, elle courut vers le magasin, s'arrêta devant la vitrine, regarda. Le carreau avait éclaté sous le choc d'un projectile, une pierre ou un pavé lancé par le motocycliste. Une sonnerie stridente se faisait entendre, émise par un système d'alarme. Pourtant rien ne semblait avoir disparu. Les plateaux de bagues, de montres ou de colliers étaient à leur place, parfaitement intacts. D'ailleurs, si

l'homme y avait touché, Fantômette n'eût pas manqué d'apercevoir son mouvement. Mais il s'était contenté de jeter la pierre sans même s'approcher des bijoux.

La jeune aventurière entortilla autour de son index une de ses boucles noires, indice d'un travail mental intense.

« Qu'est-ce que cela veut dire ? Le bonhomme a démoli la vitrine et s'est sauvé aussitôt sans rien prendre... En voilà, un drôle de voleur ! »

Mais était-ce bien un voleur ? Ce méfait pouvait tout autant être une vengeance. On pouvait supposer que le motocycliste avait eu à se plaindre du bijoutier, et qu'il lui avait démoli sa vitrine en représailles...

« Dommage que ce champion de la moto soit parti si vite. J'aurais aimé lui poser quelques questions. »

Hésitante, indécise sur la conduite qu'elle devait tenir, Fantômette restait debout devant la bijouterie, perdue dans ses réflexions. Quelques fenêtres s'ouvraient, où apparaissaient des têtes de curieux éveillés par le fracas de la vitre. Dans le lointain, le son d'un avertisseur à deux tons se rapprochait.

« Une voiture de police. Un système d'alarme doit relier la bijouterie et le commissariat du quartier. »

Sans courir, mais d'un pas ferme, Fantômette s'éloigna. Sa silhouette menue glissa le long des murs, disparut dans une ruelle voisine. Quand le car de police s'arrêta devant la bijouterie, la rue se trouvait parfaitement déserte. En revanche, une multitude de Framboisiens se penchaient aux fenêtres et écarquillaient les yeux. Mais il n'y avait pas grand-chose à voir. Rien de plus que cette vitrine bêtement brisée.

Arrivé en voiture derrière le car, le commissaire Maigrelet apparut. Il repoussa son chapeau en arrière, se gratta la tête avec le tuyau de sa pipe, émit deux ou trois grognements d'un air entendu, laissant supposer qu'il avait déjà tout deviné. Ce qui provoqua un murmure d'admiration chez ses subordonnés. En

réalité, il était aussi perplexe qu'un dindon devant un fer à repasser.

L'arrivée du bijoutier, en robe de chambre — il habitait dans une maison voisine —, n'apporta aucun éclaircissement. Il estima qu'un voleur avait brisé sa vitrine avec l'intention de s'emparer des bijoux, mais, la sonnerie l'ayant effrayé, il avait décampé sans rien prendre.

Dans le même temps que se déroulaient ces événements, un autre fait se produisait à l'autre bout de la ville, dans le quartier des Éprouvettes. Un motocycliste ralentit en arrivant à l'extrémité du boulevard Gnafron, où se trouve la Banque régionale framboisienne. Il lança adroitement un pavé à travers la grille qu'on tirait devant la porte d'entrée. Celle-ci était en verre et vola en éclats. L'homme repartit en trombe.

Trois minutes plus tard, le même motocycliste glissa une barre d'acier entre les deux battants d'une fenêtre du Crédit rural citadin, brisa le vantail et s'éclipsa aussitôt.

*
* *

Au commissariat central de Framboisy, l'inspecteur Lagrogne commençait à s'affoler. Quelques minutes après le départ du car et du commissaire, la sonnerie d'alarme s'était fait entendre pour la seconde fois, et, sur un tableau de contrôle, une lampe rouge s'était allumée à côté de celle qui correspondait à la bijouterie. Lagrogne — l'inspecteur de service — avait poussé une exclamation :

« Oh ! un deuxième cambriolage !... Cette fois-ci, ça vient de la Banque régionale framboisienne... »

Il se tourna vers deux de ses collègues qui jouaient aux cartes dans un coin de la pièce.

« Eustache ! Sainpierre ! Quelque chose d'anormal à la B.R.F. »

Les deux inspecteurs lâchèrent leurs cartes, sortirent et prirent une voiture pour se rendre boulevard Gnafron. À peine

eurent-ils tourné le coin de la rue, que la sonnerie d'alarme retentissait pour la troisième fois et qu'une nouvelle lampe rouge indiquait un incident au Crédit rural citadin. L'inspecteur Lagrogne restait seul au commissariat. Il se leva, enfila son imperméable et sortit. Comme aucun véhicule de l'Administration n'était plus disponible, il dut prendre sa voiture personnelle pour se rendre au siège du Crédit.

Là, il constata que l'alarme avait été déclenchée par un système électrique relié à une fenêtre. En essayant d'ouvrir cette fenêtre, le malfaiteur avait provoqué la sonnerie. Mais, apparemment, il n'avait pas pu entrer dans le local. L'inspecteur resta une demi-heure sur place, interrogeant les voisins qui descendaient dans la rue en chemise de nuit. Puis il remonta dans sa voiture et revint au commissariat.

Le commissaire Maigrelet se tenait sur le pas de la porte, mains derrière le dos, mâchonnant le tuyau de sa pipe. Il paraissait assez mécontent.

« Ah ! vous voilà enfin, Lagrogne ! Qu'est-ce que cela signifie ? Vous désertez les locaux, maintenant ? Où étiez-vous ? Au cinéma ?

— Pas du tout, monsieur le commissaire. Il y a eu un appel en provenance du Crédit rural citadin. J'en viens.

— Mais Eustache et Sainpierre, où sont-ils ?

— À la Banque régionale framboisienne. »

Maigrelet sursauta.

« Comment ? Trois appels en même temps ? Trois cambriolages simultanés ? C'est incroyable !... C'est inouï ! »

Eustache et Sainpierre réapparurent à cet instant, s'avancèrent vers Maigrelet.

« Nous arrivons tout juste de la B.R.F.

— Oui, Lagrogne vient de me le dire. Alors ?

— Un inconnu a lancé un projectile dans la porte d'entrée : ce qui a déclenché l'alarme.

— A-t-il pu pénétrer dans la banque ?

— Nous n'avons pas l'impression qu'il ait essayé. »

Maigrelet tirait de sa pipe de grosses bouffées de fumée. Il murmura :

« C'est tout de même extraordinaire !... Trois tentatives d'effraction, mais dans tous les cas le malfaiteur n'a rien emporté. Qu'est-ce que cela veut dire ? »

La sonnerie du téléphone le fit rentrer dans son bureau. Il décrocha.

« Allô ! Ici le commissaire Maigrelet. J'écoute... Qui ? M. Gaétan Panazol... Comment ? Voilà une demi-heure que vous essayez de nous joindre ? Je suis désolé, monsieur Panazol, mais si personne ne vous a répondu, c'est précisément parce qu'il n'y avait personne ici... Pourquoi ? Parce que tout le monde était occupé ailleurs. Il vient d'y avoir trois tentatives de cambriolage en ville... Vous dites ? 17, rue Jean-Bonneau. Bon, je vais vous envoyer quelqu'un, maintenant que mes hommes sont revenus. »

Il raccrocha, se tourna vers Lagrogne.

« Allez voir tout de suite le nommé Gaétan Panazol. Le cambriolage n° 4 a eu lieu chez lui. »

Chapitre 2

Une petite annonce

Allongée à plat ventre sur la moquette orange de sa chambre, le pompon de son bonnet se balançant devant ses yeux, Fantômette lisait *Framboisy-Midi*. En même temps, son transistor diffusait le bulletin d'informations d'une station locale. De sorte qu'elle lisait et entendait à peu près la même chose. La presse écrite et parlée ne traitait ce jour-là que d'un seul sujet : les quatre effractions commises pendant la nuit. Interrogé par les journalistes, le commissaire Maigrelet avait déclaré que, si

ces tentatives de cambriolage avaient échoué, c'était grâce à sa prompte intervention. Il en profitait pour vanter l'excellence de son flair et la finesse de ses déductions — ce qui fit sourire Fantômette.

« Si les cambriolages n'ont pas eu lieu, se dit-elle, ce n'est pas grâce à l'intervention de la police, mais parce que le motocycliste n'avait pas l'intention de voler. Le problème est maintenant de savoir ce qu'il avait en tête. Oui, ce voleur-qui-n'en-est-pas-un m'a l'air assez bizarre... Cette affaire mérite que j'abandonne provisoirement les voleurs de voitures... »

Elle feuilleta le journal. Une page entière était consacrée au Grand Festival culturel de Framboisy. Chaque soir pendant une semaine, le Palais des Loisirs présenterait un spectacle de choix avec les Farfelu Boys, les Ding-Dong Girls, les clowns Tuyau et Depoil, le Motard de la Mort, l'Hercule de Mésopotamie et l'extraordinaire magicien Hindrapour surnommé « le maître de l'illusion ».

La page suivante était celle des petites annonces, que Fantômette parcourut d'un œil distrait. Une dame cherchait son chat Pantoufle disparu mystérieusement dans la rue de la Boucherie ; un monsieur proposait une 50 CV Dupion-Boulon modèle 1925, comme neuve ; un collectionneur recherchait une tasse de porcelaine très rare, avec une anse à gauche pour gaucher. Deux lignes curieuses attirèrent l'attention de Fantômette :

Vict. camb. dem. aide. Fant. G.P. 17 r. J.-Bonneau.

Elle relut plusieurs fois l'annonce et leva un sourcil, intriguée.

« Tiens, tiens. Cela veut dire, en clair : "Victime d'un cambriolage demande l'aide de Fantômette." Il y a ensuite les initiales du nom suivies d'une adresse. »

Elle revint à la première page de son journal. Trois des effractions avaient eu lieu dans des établissements bancaires ou commerciaux et la quatrième chez un particulier, M. Gaétan Panazol.

« *G.P.* : Gaétan Panazol. C'est lui qui me demande de l'aider, évidemment. Eh bien, pourquoi pas ? Puisque je suis décidée à m'occuper de cette affaire, je vais voir tout de suite à quoi ressemble ce Gaétan Panazol. »

*
* *

Le 17 de la rue Jean-Bonneau est occupé par une villa d'allure antique, en pierre de taille, couverte d'un grand toit d'ardoise. Au pied du perron de marbre encadré d'une balustrade en fer forgé, deux dragons de bronze accueillent le visiteur, qu'une marquise en verre multicolore protège d'une pluie éventuelle.

À l'intérieur, ce visiteur trouve dans l'entrée un dieu africain en bois sculpté, court sur pieds mais coiffé d'un chapeau démesuré, planté entre deux tam-tams. Derrière lui, des masques en écorce accrochés au mur grimacent en tirant la langue. La pièce principale du logis a l'apparence d'un musée oriental. Paravents de laque ornés d'oiseaux peints, vases chinois, statuettes d'ivoire, coffrets de l'Inde à incrustations de nacre, narguilés arabes ou sabres de samouraïs.

Le maître des lieux, Gaétan Panazol, arpente un tapis persan mains au dos, en tirant nerveusement sur une cigarette. C'est un petit homme rondelet, au cheveu rare, qui s'éponge constamment le front avec des mouchoirs de papier. Il semble attendre l'arrivée de quelqu'un.

C'est bien une personne qu'il attend. Une personne qui apparaît soudain devant lui, sortant de l'abri que lui procurait le paravent chinois. Une espèce de diablesse en justaucorps jaune, coiffée d'un bonnet à pompon, qui porte sur les épaules une élégante cape de soie rouge et noire. Derrière son masque brillent des yeux intelligents et rieurs.

« Bonjour, monsieur Panazol ! »

L'homme a sursauté, avec un mouvement de recul.

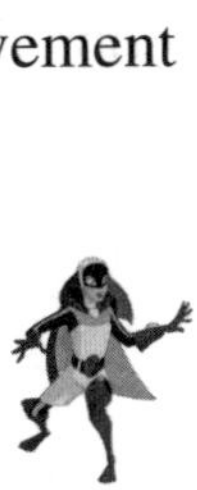

« Vous ! Fantômette ? »

La jeune aventurière se met à rire.

« En voilà, un accueil ! Vous avez l'air affolé ! Pourtant c'est bien vous qui m'avez demandé de venir ?

— Oui, c'est bien moi. Mais je ne m'attendais pas à vous voir surgir brusquement devant mon nez ! Comment avez-vous fait pour entrer ? Toutes les portes sont fermées à clé. »

Fantômette a un geste signifiant que ce genre de problème n'existe pas pour elle.

« Peu importe. L'essentiel est que je sois ici. Il y a de jolies choses, dans ce salon... »

Elle s'approche d'une soucoupe accrochée au mur, blanche avec des fleurs bleues.

« Porcelaine chinoise, n'est-ce pas ? Époque Ming ? »

M. Panazol incline la tête.

« Mes compliments ! Je vois que vous connaissez la question.

— Je m'intéresse à tout. Mais occupons-nous plutôt de votre affaire. Que puis-je faire pour vous ? »

Gaétan Panazol montre un numéro de *Framboisy-Midi*.

« Puisque vous avez répondu à mon annonce, je suppose que vous avez lu ce journal ? Il y a eu cette nuit quatre tentatives de cambriolage, dont une chez moi.

— Oui, je sais. Que vous a-t-on pris ?

— On ne m'a rien pris du tout, pour la bonne raison que je suis revenu juste à temps pour surprendre le cambrioleur et...

— Attendez, commencez par le commencement. Êtes-vous sorti, hier soir ?

— Oui. Je pensais voir le spectacle de music-hall au Palais des Loisirs, mais en arrivant à l'entrée, je me suis aperçu qu'elle était fermée. C'était hier, mercredi, jour de relâche. Je suis donc revenu chez moi.

— Quelle heure était-il à ce moment ?

— Un peu plus de vingt-deux heures.

— Bon, continuez.

— Donc je suis arrivé devant la grille de

mon jardin, qui était entrouverte. Comme j'étais certain de l'avoir fermée avant de partir, j'ai tout de suite compris qu'il se passait quelque chose d'anormal. Et quand j'ai vu la porte de ma maison ouverte également, je me suis dit : "Il y a un voleur chez moi !"

— Alors, qu'avez-vous fait ?

— Oh ! c'est bien simple. En arrivant dans le vestibule, il m'est venu une idée. J'ai crié : "Police ! Haut les mains !" »

Fantômette sourit.

« Pas bête du tout, votre idée. Ensuite ?

— Il y a eu un bruit de galopade, et j'ai entrevu un homme qui ouvrait une fenêtre du salon pour s'enfuir par l'arrière de la maison.

— Vous l'avez laissé filer ?

— Je n'aurais pas pu l'en empêcher. Il allait beaucoup trop vite et j'ai passé l'âge de courir le cent mètres.

— Pourriez-vous le reconnaître, cet homme ?

— Je ne pense pas. Je ne l'ai vu que de

dos, et pendant très peu de temps... Et il faisait nuit !

— Dommage... »

Fantômette réfléchit pendant une seconde et demande :

« Vous avez bien un système d'alarme relié au commissariat ?

— Oui. Comme j'ai ici des objets de grande valeur, j'ai fait installer ce dispositif. Malheureusement il n'a servi à rien. Il paraît que les policiers étaient occupés ailleurs cette nuit et ils ne sont arrivés qu'une bonne demi-heure après le départ de mon cambrioleur. Et encore, il a fallu que je téléphone dix fois au commissariat ! »

Fantômette s'assoit sur l'accoudoir d'un fauteuil anglais, entortille une de ses boucles noires autour de son index, puis :

« Dites-moi, monsieur Panazol, quand vous êtes sorti pour vous rendre au spectacle, avez-vous eu l'impression d'être suivi ?

— À dire vrai, je n'en sais rien. Je ne crois pas m'être retourné.

— Donc, l'homme aurait très bien pu marcher derrière vous sans que vous puissiez le voir ?

— Oui, c'est bien possible.

— C'est même sûr. Il s'est rendu compte que vous vous dirigiez vers le centre de la ville, là où se trouvent les salles de spectacle. Et comme le Palais des Loisirs était fermé ce soir-là, il a cru que vous alliez au cinéma. Il ne s'est pas donné la peine de vous suivre jusqu'au bout, sinon il aurait vu que vous faisiez demi-tour devant le Palais.

— En effet. Il a dû penser que je serais dans un cinéma. Mais ceci ne m'explique pas pourquoi les policiers sont arrivés en retard...

— Attendez, vous allez l'avoir, votre explication. Notre homme pense donc qu'il a tout son temps pour cambrioler. Mais comme il se méfie du système d'alarme dont il connaît l'existence je ne sais trop comment...

— Oh ! je l'ai dit à tout le monde, pour que l'on sache bien que ma villa est reliée au commissariat. Mais cela n'a pas découragé le voleur !

— Parce qu'il a eu l'astuce de neutraliser l'action de la police.

— Comment ?

— Vous n'avez encore pas deviné ? Il a tout simplement envoyé les policiers aux quatre coins de la ville.

— Vous voulez dire que c'est lui qui a déclenché les autres systèmes d'alarme ?

— Oui. Il a bondi sur sa moto, et s'est rendu devant une bijouterie dont il a brisé la vitrine. Puis il a commencé à fracturer deux banques. Le commissaire a donc envoyé son personnel aux trois endroits. Et quand le motard est venu chez vous, il n'y avait plus personne de disponible pour l'arrêter. »

Gaétan Panazol s'éponge le front avec un mouchoir de cellulose.

« Sapristi ! C'est diabolique, cette méthode !

— Peut-être pas diabolique, mais sûrement très astucieux.

— Alors, si le music-hall n'avait pas fait

relâche, si je n'étais pas revenu chez moi à l'improviste, cet homme aurait pu cambrioler en toute tranquillité ?

— Évidemment. »

Nouveau coup de mouchoir sur le front.

« Eh bien, je l'ai échappé belle !

— Vous avez donc des choses si précieuses, à part les porcelaines chinoises ?

— Précieuses ? J'ai ici une chose inestimable ! Je vais vous faire voir ce qu'il cherchait... »

Gaétan Panazol s'approche d'une tenture de soie représentant le Fuji-Yama, l'écarte et découvre un coffre-fort encastré dans le mur, dont la porte est munie de dix boutons gradués.

« Ceci est un coffre de fabrication récente, avec un mécanisme très compliqué. Pour l'ouvrir, il faut connaître une combinaison de dix chiffres. Les fabricants m'ont garanti que personne, à part moi, ne pourrait l'ouvrir. Eh bien, mon cambrioleur avait déjà trouvé les neuf premiers chiffres quand je suis arrivé.

Encore deux ou trois minutes, et il allait ouvrir la porte. C'est sûrement un spécialiste, un as de la cambriole ! »

M. Panazol essuie son front, jette le mouchoir dans une corbeille à papiers, puis il tourne un par un les dix boutons et tire la porte d'acier massif. L'intérieur comporte trois étagères. Sur l'une d'elles se trouve un paquet enveloppé dans un papier de soie.

« Voici ce que l'homme était venu chercher. »

Chapitre 3

Le bouddha

Il enlève délicatement le papier et pose l'objet sur une table. C'est un bouddha en or massif, haut d'une quinzaine de centimètres. Assis les jambes croisées, souriant, il joint les mains sur son gros ventre. Au milieu de son front, brille une énorme pierre bleue. Fantômette se penche sur la statuette pour l'examiner en détail. Elle murmure :

« Superbe ! Le saphir à lui tout seul doit valoir une fortune.

— Vous l'avez dit. Mais ce bouddha n'a

pas seulement une valeur matérielle. Il est surtout précieux par son histoire. Oui, c'est une pièce historique. Selon les croyances hindoues, il aurait été sculpté et fondu à la ressemblance de Siddharta Gautama Bouddha, le fondateur de la religion bouddhiste. Cette statuette serait donc vieille de deux mille cinq cents ans. Elle est restée dans un temple tibétain jusqu'à ces dernières années, puis elle a disparu. Un fonctionnaire du gouvernement indien l'a découverte par hasard dans un bazar de Calcutta et l'a achetée pour une somme dérisoire, le marchand croyant qu'il s'agissait d'une statue en cuivre.

— Et comment se fait-il qu'elle soit en ce moment chez vous ?

— Je vais vous l'expliquer. »

Gaétan Panazol prend dans une boîte-distributeur un nouveau mouchoir, se frotte le front et poursuit :

« Dans une semaine doit s'ouvrir à Paris l'exposition *L'Orient en Occident,* à laquelle participeront toutes les nations d'Asie. Le

Japon, la Chine, l'Inde, l'Iran vont envoyer les plus belles pièces de leurs musées. Et j'ai été chargé personnellement par le gouvernement indien de recevoir le bouddha et de le mettre en place dans le stand du Bengale.

— Pourquoi vous a-t-on confié cette mission ?

— Parce que je suis importateur d'objets orientaux, en même temps qu'expert. Cela doit se voir, d'ailleurs... »

Et d'un geste circulaire, il désigne la décoration du salon.

« Vous comprenez que je ne tiens pas du tout à ce qu'on me le vole. J'en suis responsable.

— Bon. Et vous désirez que je vous aide à le surveiller ? »

M. Panazol se frotte le menton.

« En fait, c'est un peu plus compliqué. Il ne s'agit pas seulement de le surveiller. Il faut aussi l'acheminer jusqu'à Paris sans qu'il disparaisse pendant le trajet. Et j'aimerais que vous assuriez le convoyage.

— En surveiller le transport ?

— Oui, voilà.

— Mais pourquoi ne demandez-vous pas l'aide de la police ? Un inspecteur pourrait vous accompagner. »

L'importateur lève les bras au ciel.

« Comment voulez-vous que je fasse confiance à des gens qui arrivent une demi-heure après les voleurs ! »

Fantômette se met à rire.

« Bon, bon ! J'admets que vous soyez méfiant. Mais qui vous dit que je serai plus qualifiée qu'eux ?

— Ah ! ma chère Fantômette, vous avez déjà fait vos preuves. Vous avez retrouvé le trésor du pharaon Ramsès IV et la lampe merveilleuse d'Aladin. Pourquoi ne protégeriez-vous pas le bouddha ? Vous me paraissez tout à fait compétente pour faire ce genre de choses...

— Oh ! oh ! si vous me prenez par la flatterie, je ferai tout ce que vous voudrez. Et d'ailleurs cette aventure m'intéresse. Je ne serais pas fâchée de combattre cet astucieux cambrioleur.

— Ah ? parce que vous pensez qu'il va revenir ?

— Je le souhaite, cher monsieur, je le souhaite vivement ! »

M. Panazol se précipite sur sa boîte de mouchoirs et s'éponge le front en toute hâte.

« Ne parlez pas de malheur ! Je n'ai pas du tout envie d'avoir encore affaire à cet individu.

— Eh bien, je serai là pour m'en occuper. Quand allez-vous le livrer, ce bouddha ?

— Il faut qu'il soit à Paris demain soir. Nous pourrions prendre ma voiture... »

Fantômette secoue la tête.

« Non, une voiture est beaucoup trop vulnérable. Il est toujours possible de l'attaquer sur une route déserte. Imaginez, par exemple, que notre voleur dispose lui-même d'une voiture très rapide. Il pourrait nous faire une queue-de-poisson pour nous envoyer dans un fossé.

Ensuite, il n'aurait plus qu'à cueillir la statue. »

Gaétan Panazol saisit vivement un nouveau mouchoir.

« Vous m'effrayez ! Que devons-nous faire, alors ?

— Prendre le train. C'est un moyen de transport beaucoup plus sûr. Comme nous ne sommes plus à l'époque où les bandits attaquaient les trains, et que nous ne sommes pas non plus au Far West, il y a des chances pour que l'effigie de Siddharta Gautama arrive à bon port. Vu ?

— Après tout, l'idée n'est pas mauvaise. Nous prendrons donc le train. Je vous remettrai le paquet avant le départ et je propose que nous voyagions dans des wagons différents. De cette manière, si le voleur s'empare de ma valise, il ne trouvera rien, puisque c'est vous qui aurez la statue. »

Fantômette approuve d'un signe de tête.

« Je vais téléphoner à un hôtel de Paris, poursuit M. Panazol, et je retiendrai une chambre pour vous. Il faut que vous soyez constamment près de moi pour surveiller le bouddha. Le lendemain matin, j'irai le porter au Palais des Expositions.

— Pourquoi attendre ? Vous pourriez aller au Palais dès votre arrivée ?

— Non, parce que les organisateurs ne mettront des gardes en place que le lendemain, au moment où toutes les pièces précieuses seront apportées par les exposants. »

Fantômette réfléchit un instant.

« Donc, à partir de l'instant où le bouddha sera dans le Palais, on ne pourra plus le voler ?

— Cela deviendra certainement très difficile, pour ne pas dire impossible. En tout cas, à ce moment-là, je ne serai plus responsable de la statue.

— Parfait. Nous aurons l'œil dessus jusqu'à ce qu'elle soit en place. Ah ! une chose... Je vous signale qu'il m'arrive souvent de voyager avec deux amies. Pourraient-elles nous accompagner ?

— Je n'y vois pas d'inconvénient, au contraire. Un groupe de filles n'attirera pas l'attention du voleur.

— Alors, à demain, monsieur Panazol. Rendez-vous à la gare pour le train de dix heures.

— Oh ! vous connaissez l'horaire des trains ?

— Bien sûr. Quand on fait mon métier, il faut tout savoir.

— Je vous admire, Fantômette ! Et je me félicite de vous avoir choisie pour cette mission délicate. Je vais d'ailleurs vous donner de quoi couvrir vos frais. Il est normal que vous soyez dédommagée... »

L'importateur prend dans un coffret de laque une épaisse liasse de billets. Il se retourne pour la tendre à Fantômette, et reste le bras en l'air.

Elle a déjà disparu.

Chapitre 4

Une soirée spectaculaire

« Alors, Ficelle, tu es prête ? Si tu traînes encore comme dix escargots anémiques, nous serons en retard. Il est presque neuf heures.

— Attends, Françoise ! Je n'en ai plus que pour cinq petites minutes minuscules ! »

Françoise, Boulotte et Ficelle se préparent à aller au Palais des Loisirs. La première, une brunette aux yeux vifs, est déjà habillée. Elle a revêtu un collant noir, une robe jaune et un manteau rouge. La seconde, une grosse fille aux joues rebondies, est parvenue à s'enfour-

ner dans une robe qui la serre de partout. En attendant le signal du départ, elle se bourre de madeleines. La grande Ficelle, elle, semble rencontrer quelques difficultés avec ses vêtements. Elle a au pied gauche une chaussette rouge. Au pied droit, rien. Sa robe verte est un peu fripée, par suite d'un séjour imprévu sous le derrière de sa propriétaire qui s'était assise dessus par mégarde, pendant une séance d'harmonica (elle a décidé de devenir 1er prix du Conservatoire de musique). Quant à la chevelure de Ficelle — qui évoque d'assez près un balai à franges —, elle pendouille devant son nez en lui obstruant la vue. Ce qui oblige la jeune personne à ramener ses cheveux sur le côté vingt-sept fois par minute. Elle grogne :

« Boulotte, au lieu de t'empiffrer avec les madeleines qu'on m'a offertes pour ma fête, tu ferais mieux de chercher la bombe de laque que j'ai prise à ma tante. Et toi, Françoise, tu devrais me dire où est ma seconde chaussette... »

La bouche pleine, Boulotte désigne du doigt un objet posé sur un électrophone. Ficelle souffle pour écarter ses cheveux, dégageant ainsi son champ de vision.

« Ce n'est pas de la laque, c'est le *Bzzz*.

— Ah ? ça se mange, le *Bzzz* ?

— Mais non, voyons ! C'est de l'insecticide... Et toi, Françoise, tu trouves ma chaussette ? Regarde dans ma commode. »

Pour aider son amie, Françoise entreprend une série de fouilles dans les tiroirs. Elle découvre dans celui du haut des livres de danse, trois cassettes de magnétophone, deux mouchoirs dont un noué aux quatre coins, onze bigoudis, une bouteille de limonade vide, une montre sans aiguilles, un stylo desséché, un collier de chien marqué *Népomucène* et un tube de crème solaire complètement aplati. Le tiroir du bas contient un très bel assortiment de chaussures, pantoufles, mules et sandales, soigneusement mélangées à des blouses, tabliers et tricots divers. Le tout est saupoudré par les perles mauves d'un collier cassé et

complété par une magnifique chaussette vert épinard.

Françoise saisit délicatement la chaussette entre le pouce et l'index, la lève dans l'espace et demande :

« Est-ce là le précieux objet que tu cherches ?

— Non. Il me faut une chaussette rouge. Pas verte, ROUGE.

— Bon, bon. Je vais regarder ailleurs... »

La bombe de laque étant introuvable (on la découvrira trois jours plus tard dans le bac à légumes du réfrigérateur), Ficelle se résigne à faire tenir ses cheveux avec du ruban adhésif bleu. Elle tente ensuite d'aplanir les plis de sa robe au moyen d'un rouleau à pâtisserie aimablement prêté par Boulotte. Puis elle demande à nouveau des renseignements au sujet de sa chaussette. Hélas ! les recherches de Françoise sont demeurées vaines. Elle a pourtant examiné tous les endroits où ladite chaussette avait le plus de chances de se trouver, c'est-à-dire le dessous du lit, la baignoire et la corbeille à papiers. La grande Ficelle pousse un soupir de pneu qui se dégonfle.

« Tant pis ! Je sortirai avec des pieds bicolores ! »

Quelques minutes plus tard, les trois amies sont en marche vers le centre de Framboisy. Il est tombé un peu de pluie en fin de soirée et les lumières de la ville se reflètent sur les trottoirs mouillés. Au loin, une grande enseigne en tubes rouges clignote : *Palais des Loisirs.* Ficelle presse le pas.

« J'espère qu'ils n'ont pas commencé sans nous. Je ne voudrais pas rater le début. Vous savez, le Motard de la Mort. Ce doit être épouvantable ! »

Une sonnerie aigrelette invite les retardataires à se dépêcher. Les trois amies entrent et s'installent sans difficulté, Françoise ayant pris soin de louer les places. À peine sont-elles assises, que la salle devient obscure. Le rideau rouge est tiré et, sous la lumière des projecteurs, la scène apparaît.

Le public découvre alors une énorme

sphère en mailles d'acier chromé, posée sur huit pieds tubulaires. À côté de cette boule qui fait penser à quelque gros satellite, se tient un homme dans un scaphandre d'astronaute. Près de lui se trouve une motocyclette rouge vif. L'orchestre salue cette curieuse apparition avec une fanfare de cuivres et des roulements de timbale. Impressionnée, Ficelle ouvre la bouche comme une grenouille. Boulotte ouvre également la bouche, mais c'est pour y enfourner une des madeleines qu'elle a emportées. Que va-t-il se passer ?

L'homme empoigne le guidon, pousse la moto à travers une porte jusqu'à l'intérieur de la boule. Un assistant referme l'ouverture. L'orchestre cesse soudain de jouer, tandis qu'une pétarade s'élève, accompagnée d'un nuage de fumée bleue. À l'intérieur de la sphère, le motocycliste commence à tourner, d'abord presque sur place en traçant des petits cercles, puis, sur un rugissement de sa machine, il bondit vers le haut, se trouve brusquement la tête en bas et redescend pour terminer sa boucle. Ficelle frissonne.

« C'est terrible ! On dirait qu'il s'entraîne pour aller dans la Lune ! Vous vous rendez compte, si son moteur s'arrêtait ? Il tomberait sur la tête ! Comme moi le jour où j'avais glissé sur une pelure d'orange ! Je m'étais fait une bosse grosse comme une balle de tennis. Tu te souviens de ma bosse, Françoise ? »

Mais la brunette semble distraite. Ficelle insiste :

« Hé ! Tu ne m'écoutes pas ?

— Non, ce n'est pas toi que j'écoute. C'est le bruit que fait cette moto. J'ai l'impression de l'avoir déjà entendu ailleurs.

— Bah ! Toutes les motos font le même potin ! »

La démonstration du Motard de la Mort se termine. Il sort de la sphère, fait trois fois le tour de la scène debout sur la selle de sa machine, puis il s'arrête, saute à terre et salue, tandis que le rideau tombe, accompagné par

les applaudissements du public. Ficelle consulte son programme.

« Ah ! maintenant, ça va être les Farfelu Boys ! Ils sont divins ! Je les adore ! »

Le rideau se relève et l'on voit apparaître six êtres chevelus, moustachus et barbus qui semblent sortir de la Préhistoire. Toutefois, ils ne sont pas vêtus de peaux de bêtes, mais de longs manteaux qui les enveloppent comme des toges de sénateurs romains. Ils sont armés de guitares électriques qu'ils grattouillent en marmottant entre leurs dents des paroles indistinctes, amplifiées par toute une installation de micros et de diffuseurs.

Béate d'admiration, Ficelle s'écrie :

« Ah ! ce qu'ils chantent bien !

— Et qu'ils sont beaux ! ajoute Boulotte, ils sont à croquer. »

Les Farfelu Boys piétinent sur place, agitent leur crinière, émettent quelques grognements et divers cris d'animaux — ce qui comble de joie la partie la plus jeune de la salle. Ils poussent alors quelques hurlements en agitant leurs guitares dans les airs et veulent se retirer sur cette belle démonstration d'art musical. Mais, vivement acclamés par les filles, ils sont obligés de revenir pour un autre morceau, puis un autre encore. Chaque fois qu'ils veulent partir, le public les retient. Lorsque enfin, épuisés, ils n'ont plus de voix, on les laisse quitter la scène. Et voici qu'apparaît l'Hercule de Mésopotamie. Il porte un pantalon de cuir et un collier formé d'une chaîne d'acier qui pend sur sa poitrine nue. Il soulève des haltères, des boulets, un petit canon et, en final, un plateau surmonté d'une gigantesque pyramide formée par des boîtes de petits pois — ce qui remplit Boulotte d'enthousiasme.

« Vous vous rendez compte ! Si j'avais ces petits pois à la maison ! Je pourrais en manger pendant une année entière ! »

La salle se rallume pour l'entracte, et la gourmande en profite pour dévaliser l'ouvreuse qui voit disparaître instantanément son stock d'esquimaux et de bonbons acidu-

lés. Françoise semble toujours aussi rêveuse. Ficelle se penche vers elle et demande :

« Eh bien, qu'est-ce que tu as ?

— Je pense à cette motocyclette.

— Comment ? Encore ! Mais tu es complètement malade, ma pauvre Françoise ! Si tu étais un garçon, tu pourrais t'intéresser aux motos, mais toi ! Il y a des choses plus importantes que la mécanique, non ? Tiens, la couleur de mes cheveux, par exemple, ça c'est intéressant ! Et la forme de mes chaussures, et... »

Mais elle est interrompue par la reprise de l'orchestre. Un coup de cymbales qui annonce l'entrée de Tuyau et Depoil, les fameux clowns ramoneurs. Ils présentent leur numéro habituel (toujours le même depuis vingt ans) qui consiste à nettoyer une cheminée en bois remplie de suie. Après avoir déchaîné les rires, ils cèdent la place à la vedette de la soirée : le grand, l'unique Hindrapour, l'incomparable magicien venu spécialement des Indes pour éblouir l'honorable public. C'est du moins ainsi que l'annonce le présentateur.

Pour l'instant, la scène est vide. Mais après que l'obscurité s'est faite pendant trois secondes, le public y découvre avec stupéfaction une table, un divan, un fauteuil, une armoire, un lampadaire et Hindrapour lui-même, souriant et s'inclinant les mains croisées sur sa poitrine. Ficelle fait « Oh ! », puis elle se penche vers Françoise pour demander :

« Comment a-t-il fait pour apporter tout ce mobilier en si peu de temps ? C'est de la magie !

— Évidemment, puisqu'il est magicien. »

Hindrapour porte un smoking et sur la tête un turban blanc orné d'une aigrette que maintient une émeraude. Il a une barbe, des moustaches et des sourcils noirs très épais. Sur le fond bronzé de son visage, ses yeux étincellent.

L'orchestre joue en sourdine un air oriental. Le magicien prend sur la table un vase de cristal taillé, le présente devant le lampadaire

pour faire voir au public qu'il est parfaitement transparent. Puis il y plonge la main et en sort un foulard rouge, puis un bleu, un vert, un jaune, un blanc...

Stupéfaite, Ficelle murmure :

« Comment s'y prend-il ? J'ai bien vu que le vase était vide ! C'est un sorcier, cet homme-là ! »

Mais déjà l'Indien fait un nouveau tour. Il roule les foulards en boule, les jette en l'air. Ils retombent gracieusement, noués les uns aux autres. Ficelle ouvre des yeux comme des phares de camion. Sa surprise se change en ébahissement quand le magicien fait disparaître le vase en soufflant dessus !

Après ce joli tour, il s'approche de la rampe, s'adresse au public avec une voix de basse :

« Je souhaiterais maintenant avoir le concours d'une personne de bonne volonté, pour faire une petite démonstration de mes pouvoirs hypnotiques. Y a-t-il parmi l'honorable assistance quelqu'un qui aimerait se prêter à cette expérience ? »

Le magicien scrute d'un œil aigu les rangs des spectateurs qui attendent de connaître, avec un peu d'angoisse, celui d'entre eux qui va être choisi. On croirait se trouver dans une classe, au moment où l'institutrice s'apprête à désigner l'élève qui se rendra au tableau. Le regard transperçant du magicien court le long du second rang, celui des trois amies. Il se pose un instant sur Françoise, s'attarde sur Boulotte, s'arrête sur Ficelle. Le magicien pointe son index vers la grande fille.

« Vous ! »

Interloquée, Ficelle balbutie :

« Heu... moi ?... Mais... mais... heu... je... »

Souriant de toutes ses dents de neige, engageant, persuasif, Hindrapour insiste :

« Je vous en prie, mademoiselle, venez ! Il n'y a aucun danger, je vous assure ! »

Boulotte donne un vigoureux coup de coude dans les côtes de sa voisine.

« Vas-y, Ficelle ! N'aie pas peur... Il ne va

pas te manger toute crue et sans assaisonnement... »

Ficelle hésite encore. Ce n'est pas tellement qu'elle redoute de monter sur les planches. Au contraire, la chose lui semble plutôt flatteuse. Paraître en public, sous les feux de la rampe, comme une véritable artiste, ce doit être merveilleux ! Seulement...

Il y a les chaussettes !

Ficelle reste muette. Elle tortille sa robe en se dandinant sur son fauteuil. Le magicien descend alors les quelques marches qui conduisent au parterre, s'avance vers la grande fille, la prend doucement mais fermement par la main, et la remorque jusqu'à la scène. Lorsqu'elle monte sur les planches, une salve d'applaudissements déclenchée par Françoise salue son courage, mais ces bravos se changent bientôt en une cascade de rires. Le public vient de se rendre compte que Ficelle porte une chaussette rouge et une verte. Le magicien n'a pas manqué de faire la même constatation. Il adresse à la grande fille un sourire malicieux et dit :

« Vous avez de bien belles chaussettes, mademoiselle ! »

Elle bredouille :

« Heu... oui... oui, m'sieur. C'est... c'est une nouvelle mode.

— Une nouvelle mode que vous lancez ?

— Heu... oui, voilà.

— Eh bien, tous mes compliments ! C'est absolument ravissant... »

Ficelle baisse les yeux modestement, ravie de voir les choses s'arranger si bien. Hindrapour redevient sérieux pour lui donner ses directives.

« Maintenant, je vais vous demander de rester immobile pendant que je compte jusqu'à dix. Ne bougez surtout pas ! »

Le magicien étend les bras vers la grande fille, ouvre ses longues mains fines, regarde intensément les yeux de Ficelle et compte lentement jusqu'à dix. Puis il ordonne :

« Asseyez-vous ! »

Hypnotisée comme une souris devant un serpent, tremblante, Ficelle s'assied sur le fauteuil. Le magicien trace alors dans l'air divers signes mystérieux, passe et repasse ses mains devant le visage de son sujet, puis il prononce :

« Vous allez fermer les yeux ! Vous allez dormir ! Dormez ! Dormez ! Telle est ma volonté ! Vous sentez déjà le sommeil vous gagner... Vous allez dormir... vous dormez. »

Ficelle a fermé les yeux et se laisse aller en arrière. Bientôt, sa tête s'incline sur son épaule.

Elle dort.

Hindrapour sort alors d'une poche un pistolet, le braque vers le plafond et tire un coup de feu. Ficelle ne bouge pas d'un millimètre. Le public éclate en applaudissements et le magicien s'incline pour le remercier. Boulotte commence à trouver l'immobilité de son amie assez inquiétante. Elle demande à Françoise :

« Tu crois qu'elle va continuer à dormir comme ça ? Suppose qu'Hindrapour n'arrive pas à la réveiller ? Comment ferait-elle pour manger ?

— Ne t'inquiète pas, il la réveillera.

— Ah, bon ? »

Rassurée, la grosse gourmande engloutit un restant d'esquimau et ouvre un paquet de bonbons à la menthe. L'Indien fait de nouvelles passes devant le visage de Ficelle, prononce des formules cabalistiques tout à fait incompréhensibles, puis recule de trois pas et attend. L'orchestre joue une valse lente. Le public se tait, attentif à ce qui va se passer. Ficelle ouvre les yeux, se les frotte, s'étire, bâille et demande mollement :

« Où est-ce que je suis ? »

Hindrapour répond d'un ton aimable :

« Chère mademoiselle, vous êtes sur la scène du Palais des Loisirs, à Framboisy. Vous avez dormi, vous êtes maintenant réveillée, et je vous remercie de votre concours. »

Le magicien, tenant Ficelle par la main, la reconduit jusqu'aux fauteuils d'orchestre et

remonte sur la scène. Un peu ahurie, Ficelle regagne sa place. Elle interroge ses amies :

« C'est vrai ? J'ai réellement dormi ?

— Oui, dit Françoise, tu dormais comme un régiment de marmottes. Tu n'as pas entendu le coup de pistolet ?

— Quel pistolet ? »

Pendant que Ficelle s'interroge sur la réalité de son sommeil, le magicien a fait quelques passes magiques au-dessus du chaudron posé sur le sol. Des flammes rouges jaillissent du chaudron, accompagnées d'une épaisse fumée bleutée qui répand dans la salle un parfum oriental. Lorsque le nuage se dissipe, on voit apparaître, à côté du chaudron, une jeune femme élégamment vêtue d'un sari. Des aides apportent une longue caisse de bois et une scie qui paraît faite d'or massif. Hindrapour annonce alors qu'il va enfermer sa partenaire — la princesse Nirvana — dans la caisse, et qu'il sciera cette caisse en deux. La salle frémit. Ficelle, qui a recouvré ses esprits, se met à frissonner.

« Comment ? Il va couper cette dame en deux ? Mais c'est horrible ! C'est épouvantable ! Il ne faut pas le laisser faire ! Vous avez vu qu'il fait exactement ce qu'il dit ! Il a annoncé qu'il allait m'endormir, et il m'a endormie. Alors, nous allons assister à un assassinat ! Il faut appeler la police, les pompiers et le garde champêtre ! »

Françoise lui serre le bras.

« Tais-toi, grande asperge ! Il n'y a aucun danger.

— Aucun danger ? Je voudrais bien t'y voir ! »

Tandis que Ficelle s'indigne et tremble tout à la fois, la princesse Nirvana a pris place dans la caisse. Hindrapour empoigne la scie en souriant et se met au travail. En moins d'une minute, les deux morceaux de la caisse se séparent. On voit d'un côté la tête de la victime ; de l'autre, ses pieds. Les aides emportent les morceaux et la salle applaudit.

Éberluée, Ficelle se demande comment la jeune femme a pu rester vivante après un

pareil traitement. C'est sur ce numéro mystérieux et spectaculaire que se termine la soirée.

Sur le chemin du retour, Ficelle ne cesse de répéter :

« Mais comment fait-il donc ? Il ne peut tout de même pas scier la princesse en deux ! Il lui faudrait une nouvelle princesse à chaque représentation... »

Françoise sourit.

« Mais si, mais si ! Tu as bien vu que les deux morceaux étaient séparés. Un soir, il coupe en deux une princesse, un autre soir une marquise, une comtesse ou une duchesse... »

La naïve Ficelle ouvre tout grand ses yeux, épouvantée.

« Tu crois ? Mais c'est horrible !

— Oui. Et tu as de la chance qu'il t'ait prise seulement pour t'endormir.

— Ah ? pourquoi ?

— Parce qu'il aurait très bien pu te mettre dans la caisse... »

Chapitre 5

Dans le train

Au petit matin, Françoise est entrée dans la chambre où Ficelle sommeillait. Elle a tiré les rideaux et fourré sous le nez de la grande fille un ticket vert en disant :

« Chère grande marmotte, il est l'heure du réveil. Voilà ton billet de chemin de fer.

— Hein ? hein ? quoi ? »

Ficelle se frottait les yeux en bâillant. Elle gémit :

« Tu viens d'interrompre un rêve délicieux que j'étais en train de faire. Ah ! que c'était

beau ! J'étais habillée en marquise, avec tout plein de dentelles et une perruque blanche. Et sais-tu ce que je faisais ? Une révérence au tsar de Russie ! Ce qui est curieux, c'est qu'il ressemblait au magicien Hindrapour ! Et tu m'as réveillée juste au moment où il allait me faire cadeau d'un collier de diamants ! Ah ! c'est malin ! Tu aurais pu attendre une minute de plus... Alors, qu'est-ce que je vais en faire, de ton ticket ?

— Tu vas essayer de ne pas l'égarer. Nous prenons le train à dix heures, avec Boulotte.

— Pour aller où ?

— À Paris. Nous visiterons l'exposition *L'Asie en Europe*. Quelqu'un nous offre ce petit voyage.

— Ah ? Chic, alors ! Et qui est ce quelqu'un ?

— Peu importe. Tu as tout juste le temps de faire ta valise. Ne te rendors pas ! Je vais prévenir Boulotte. »

Une heure plus tard, Françoise revient voir ce que fait la grande fille. Celle-ci est toujours en pyjama et tourne en rond dans sa chambre. Françoise commence à s'énerver.

« Alors, Ficelle, tu te dépêches ? Il faut toujours qu'elle traîne, celle-là ! Tu vas nous faire rater notre train. »

Ficelle lève vers le ciel (c'est-à-dire vers le plafond) ses bras interminables. Elle gémit :

« Ce n'est pas ma faute, si je ne trouve jamais rien ! Hier, c'était ma chaussette rouge, aujourd'hui c'est ma chaussure noire. »

Elle pose une main sur sa hanche, caresse ses cheveux filasse, se regarde dans un miroir et susurre :

« J'avais d'ailleurs bien fait d'égarer cette chaussette. Comme ça, j'ai pu avoir des pieds extrêmement bicolores, et quand j'ai annoncé au public ébloui que je lançais une nouvelle mode, j'ai fait mon petit effet. On m'a admirée et applaudie comme une grande artiste. Je suis sûre maintenant que toutes les filles de Framboisy vont m'imiter. Vous verrez qu'un jour je dirigerai un grand magasin de couture ! J'inventerai des robes futuristes...

Par exemple, la ligne *Pot de fleurs.* Les robes seront étroites du bas et larges du haut, comme un cornet. Et sur la tête on se mettra des géraniums en plastique. Ce sera atrocement élégant ! »

Françoise lui met sa montre sous le nez.

« Et toi, si tu continues de débiter tes élucubrations, tu seras atrocement en retard ! »

La petite valise de Françoise est prête depuis longtemps. Celle de Boulotte, bourrée de pains d'épice, de biscuits et de chocolat, est prête également. Prête à éclater d'un instant à l'autre. Quant à Ficelle, elle a passé une demi-heure à chercher la sienne, pour finalement se rappeler qu'elle l'avait transformée en jardinière. La valise, bourrée de terre, repose sur un appui de fenêtre et sert de lit à trois géraniums anémiques. Ficelle s'est donc rabattue sur un sac de plage orange, dans lequel elle a enfourné, pêle-mêle, tout ce qui lui est tombé sous la main. Le sac contient un miroir grossissant de forme ovale, une plaquette anti-moustiques, une bombe de déodorant vide, une petite aquarelle représentant une barque de pêche à Concarneau, trois bigoudis en plastique bleu, un flacon rempli de jus de pomme et de craie pilée (élixir inventé par Ficelle, qui rend la peau douce comme une toile émeri), un fer à repasser électrique dont la résistance a grillé (on le fait chauffer sur le gaz), un disque 45 tours qui sert d'éventail et qui a pour titre *Quand souffle la tempête,* et enfin cet objet absolument indispensable quand on voyage : un presse-papiers en forme d'éléphant.

La chaussure noire n° 2 restant décidément introuvable, Ficelle décide de la remplacer par une blanche — ce qui est conforme à la nouvelle mode qu'elle est en train de lancer. Elle se plante devant une glace pour admirer son pied noir et son pied blanc. Françoise doit employer toute sa force pour la tirer et Boulotte pour la pousser hors du logis. Après un mille mètres digne des jeux Olympiques, les trois filles arrivent en vue de la gare dont la pendule marque dix heures juste : c'est l'heure

fixée pour le départ du train. Affolée, Ficelle crie :

« Ça y est ! On l'a raté ! Plus la peine de courir.

— Si ! dit Françoise, les pendules des gares avancent toujours de quatre ou cinq minutes, pour faire presser les retardataires. »

Elles se précipitent dans le hall de gare, bousculant les gens qui s'y trouvent comme si elles traversaient un terrain de rugby. Ficelle modifie brusquement sa trajectoire pour obliquer vers le kiosque à journaux. Françoise demande :

« Où vas-tu ?

— Acheter de quoi lire. On doit toujours profiter des voyages pour s'orner l'esprit et se cultiver le cerveau.

— Dépêche-toi, alors ! »

Ficelle demande à la marchande :

« N'auriez-vous pas *L'Art de la poterie chez les Étrusques* ? Édition de 1912 ?

— Ah non, je n'ai pas ça.

— Tant pis... Alors, donnez-moi ce journal, là, *Le Gros Rire.* »

Françoise entraîne Ficelle et récupère Boulotte qui vide un distributeur automatique de confiseries. Alors que les trois filles atteignent en courant le guichet qui donne accès au quai, un homme s'approche de Françoise et lui glisse discrètement un paquet. Françoise tend ce paquet à Ficelle pour avoir les mains libres et présenter les billets à l'employé. Ficelle demande :

« Qu'est-ce que c'est, ce paquet ? Oh ! qu'il est lourd ! Pourquoi le monsieur t'a-t-il donné ça ?

— Pas le temps de t'expliquer. Cours ! »

La cavalcade reprend sur le quai, vers la voiture n° 21 dans laquelle les places sont louées. Les trois amies remontent tout le long d'un train qui paraît interminable, en se demandant si la locomotive n'est pas déjà arrivée à Paris. À bout de souffle, elles trouvent enfin leur wagon, y grimpent, longent le couloir, découvrent leur compartiment et se

laissent tomber sur la banquette avec des soupirs de satisfaction.

Dans ce compartiment se trouvent déjà un jeune homme en pull-over à col roulé, plongé dans la lecture de *Football Magazine,* et une grosse dame en train de tricoter une chaussette orange sur laquelle Ficelle lance un regard admiratif. Un troisième voyageur fait son entrée dans le compartiment. C'est un monsieur âgé dont la barbe blanche fait penser au Père Noël. Dès qu'il est assis, il ferme les yeux et s'endort. À cet instant, une secousse indique que le train démarre. Françoise regarde sa montre qui marque exactement dix heures. Ficelle fait alors remarquer avec un grand air de supériorité :

« Tu vois bien que ce n'était pas la peine de nous presser. Les pendules des gares avancent toujours. C'est bien connu ! »

Françoise se contente de faire un signe de tête affirmatif. Ficelle reprend :

« Dis donc, qu'est-ce que c'est, ce paquet que tu m'as donné ? »

Françoise se penche à son oreille et murmure :

« Je ne peux pas te le dire. C'est un secret. »

Ficelle réfléchit une seconde, puis se penche à son tour pour dire à voix basse :

« Eh bien, puisque tu ne peux pas me le dire, ça ne fait rien. Je vais regarder ce que c'est. »

Ficelle se lève, tend la main vers le filet et pousse un cri :

« Oh ! il a disparu ! »

Françoise bondit sur ses pieds, empoigne la grande fille par le bras et gronde :

« Où l'as-tu mis ? Tu l'as déjà perdu ? »

Ahurie, Ficelle balbutie quelques paroles incompréhensibles. Boulotte ôte alors de sa bouche la sucette au café qu'elle est en train de déguster, puis dit tranquillement :

« Elle l'a fourré dans son sac de plage. »

Ficelle s'exclame :

« Ah oui, il est dedans !... je ne m'en souvenais plus. »

Elle se met debout sur la banquette pour descendre son sac. Françoise la force à se rasseoir.

« Laisse, Ficelle, je vais te dire ce que c'est. »

Nouvelle confidence à l'oreille :

« C'est le bouddha. »

Boulotte a prêté l'oreille.

« Quoi ? demande-t-elle. Un boudin ? Fais voir ! C'est bon, le boudin, avec de la moutarde. »

Toujours à mi-voix, Françoise explique qu'il ne s'agit pas de charcuterie, mais d'une statue. Boulotte est déçue. Ficelle demande à voir l'objet, mais Françoise refuse.

« Non, quand nous serons arrivées. »

La grande fille prend alors un air renfrogné, se roule en boule et déclare :

« Puisque tu ne veux pas me faire voir le bouddha, je vais bouder ! »

La grosse dame, qui a observé avec amusement l'attitude de Ficelle, ne peut s'empêcher de sourire. Le sportif a toujours le nez dans son journal — ce qui lui permet d'apprendre que le Sporting Club de Choufarcy a battu l'A.S. Pébroque-les-Bains par 18 à 0. Le « Père Noël » semble plongé dans un sommeil profond. Ficelle boude pendant cinq minutes, puis elle tend son index vers la fenêtre et pousse un cri :

« Oh ! des vaches dans un pré ! Elles nous regardent passer ! Comme c'est instructif ! Vous vous souvenez de cette explication de texte qu'on a eue la semaine dernière ? La description de la campagne normande ? Il y avait des vaches qui regardaient passer un train. C'étaient peut-être celles-là ? »

Boulotte approuve.

« Je me souviens qu'il était question de camembert dans ce texte. À propos, est-ce qu'il y a un arrêt bientôt ? J'ai envie de grignoter quelque chose.

— Dans un quart d'heure, répond Françoise, nous nous arrêterons à Orge-les-Blés.

— Oh ! encore un quart d'heure à attendre ? Ça fait au moins quinze minutes,

ça ! J'ai largement le temps de croquer un ou deux berlingots. »

Vingt berlingots plus tard, le train entre en gare. La gourmande sort du wagon, se précipite vers le buffet et se fait servir un croque-monsieur. Ficelle descend également, pour voir de plus près une affiche touristique qui vante les charmes du pôle Sud. Françoise reste dans le compartiment afin de surveiller le sac de Ficelle. L'amateur de football est toujours plongé dans ses histoires de ballon. La dame tricoteuse compte ses mailles. Le monsieur qui ressemble à Papa Noël se lève, descend sur le quai, va au buffet. Mais au lieu de prendre des croque-monsieur, il se fait envelopper quelques sandwiches dans un papier ; puis il revient dans le compartiment, pose le paquet sur ses genoux et se rendort immédiatement. Un instant après, la voix nasillarde d'un haut-parleur annonce :

« Messieurs les voyageurs pour Paris, en voiture ! »

Ficelle abandonne ses rêveries de vacances

polaires, et Boulotte avale sa dernière bouchée. Elles reviennent dans leur compartiment, et le train repart à grands tours de roues. Ficelle soupire :

« Je viens de voir une affiche qui représente des pingouins sur la banquise.

— Cela a l'air de t'attrister, remarque Françoise.

— Oui. Parce que ça me rappelle les bonnes vacances que nous avons passées à la Dent du Diable.

— De bonnes vacances ? Il a fallu que nous nous battions contre d'affreux bandits !

— Oui, mais Fantômette est venue à notre secours. »

Ficelle médite un instant, puis prononce sur un ton où perce l'admiration :

« Elle n'a peur de rien ! »

Nouveau silence, et la grande fille ajoute fièrement :

« C'est une aventurière dans mon genre ! »

À cet instant, l'obscurité envahit le compartiment, et Ficelle pousse un cri d'épouvante :

« Ah ! il fait noir ! J'ai peur !

— Ce n'est qu'un tunnel », dit Françoise.

Le jour revient presque aussitôt, et la brunette se tourne vers Ficelle en lui faisant les cornes.

« Hou ! La courageuse aventurière qui a peur d'un petit tunnel de rien du tout ! Tu te couvres de ridicule !

— Peuh ! J'ai été simplement surprise. Mais j'ai conservé mon sang-froid remarquable qui me permet de surmonter tous les obstacles. D'ailleurs, je suis tellement téméraire, que, si j'avais vécu au Moyen Âge, j'aurais été chevalière errante ! Je me serais promenée à cheval et à travers les pays lointains pour aider la veuve et l'orphelin. On serait venu du monde entier pour m'appeler au secours. J'aurais haché comme chair à saucisse les dragons !

— Comme chair à saucisse ? demande Boulotte.

— Parfaitement ! Et j'aurais délivré les beaux princes enfermés dans des oubliettes. »

Françoise émet un petit rire et demande :

« Sais-tu, ma chère Ficelle, qu'il y a des rats dans les oubliettes ?

— Des rats ? Pas possible ? Hou ! là ! là ! Alors, je n'aurais pas fait ce métier-là ! »

Agrémenté par des propos fantaisistes, le voyage paraît plus court, et pour les trois amies, le temps a passé bien vite, lorsqu'elles arrivent à Paris. Ficelle monte sur la banquette pour reprendre son sac, Boulotte engloutit un restant de nougat, Françoise sort derrière le monsieur barbu qui s'est enfin réveillé. Sur le quai, nos jeunes voyageuses sont rejointes par un homme qui s'éponge le front. Il s'approche de Françoise, lui demande :

« Alors, tout s'est bien passé ?

— Oui, parfaitement bien.

— Bon, sortons de cette gare et allons prendre un rafraîchissement dans quelque café. Vous me rendrez l'objet quand nous y serons. »

Ficelle s'incline vers l'oreille droite de Françoise :

« C'est ce monsieur qui t'a remis le boud-
dha ?

— Oui.

— Pourquoi ?

— Pour que je le surveille pendant le voyage.

— Ah ? Et pourquoi surveilles-tu le bouddha ?

— Pour qu'on ne le vole pas. »

Soudainement effrayée, la grande Ficelle regarde autour d'elle pour s'assurer qu'aucun voleur ne va se jeter sur elle et s'emparer de son sac. Mais tout le monde sort de la gare, traverse la cohue des voitures et se retrouve au café de *L'Arrivée*. Là, M. Gaétan Panazol s'assoit sur une banquette en poussant un soupir de soulagement :

« Ouf ! Je suis bien content que ce précieux objet soit arrivé jusqu'ici. Maintenant que nous sommes en pleine ville, il ne court guère le risque de disparaître. Je vais donc le reprendre, si vous le voulez bien... »

Françoise se tourne vers Ficelle.

« Veux-tu donner le paquet à monsieur ?

— Oui, tout de suite. »

La grande fille plonge la main dans son sac de plage, en sort un paquet ficelé, le regarde, le soupèse et fronce les sourcils.

Elle murmure :

« Tiens ! C'est curieux ! J'avais l'impression qu'il était plus lourd que ça... »

Elle tend le paquet à Gaétan Panazol qui le prend, laisse échapper une exclamation de surprise. Fébrilement, il défait la ficelle, déplie le papier, et découvre avec stupéfaction le contenu du paquet : des sandwiches.

Chapitre 6

Restitution

M. Panazol bredouille :

« Des... des sandwiches !... Comment la chose a-t-elle pu se faire ? »

Boulotte ouvre tout grand ses yeux et passe une langue gourmande sur ses lèvres.

« Ils ont l'air bien appétissants ! »

Quant à Françoise, elle entortille une mèche de ses cheveux sur son index en disant à mi-voix :

« C'est incroyable ! Je n'ai pourtant pas

quitté le sac des yeux... Il est tout le temps resté dans le filet ! »

M. Panazol se tamponne le front avec un mouchoir et demande à Françoise :

« Voulez-vous me dire exactement ce qui s'est passé ?

— Justement, il ne s'est rien passé ! Au départ de Framboisy, après que vous m'avez remis le paquet, je l'ai tendu à Ficelle pour avoir les mains libres afin de présenter nos tickets. Elle l'a mis dans son sac de plage.

— En effet, j'ai vu son geste.

— Ensuite, nous sommes montées dans la voiture n° 21.

— Et moi, mesdemoiselles, dans la voiture n° 20, juste derrière vous. Mais pendant le voyage, il n'y a rien eu de particulier ? Vous n'avez pas sorti le bouddha de son sac ? »

Ficelle secoue la tête.

« À aucun moment, monsieur. Françoise n'a même pas voulu nous le faire voir. »

Françoise approuve d'un signe de tête.

« Je ne voulais pas que les autres voyageurs puissent savoir ce que nous transportions. »

M. Panazol réfléchit un moment, puis demande à la brunette :

« Vous êtes bien sûre d'avoir surveillé le sac constamment ?

— Absolument sûre. À Orge-les-Blés, je ne suis même pas descendue. Je n'ai pas quitté le compartiment. »

Ficelle intervient :

« À mon avis, il y a là un formidable mystère ! Même Fantômette n'arriverait pas à le percer. Et pourtant, elle a la cervelle drôlement perçante ! »

Sourcils froncés, Françoise réfléchit intensément. Puis son regard s'illumine, et elle fait claquer ses doigts.

« J'y suis ! J'ai trouvé ! J'ai perdu le sac de vue pendant trois ou quatre secondes.

— Dis vite ! s'exclame Ficelle.

— En fait, nous avons toutes cessé de voir ce sac pendant ce court instant.

— Quand ? Quand ?

— Au moment où le train est passé dans le tunnel. »

Ficelle ouvre de grands yeux.

« Tu veux dire qu'un voleur aurait eu le temps de prendre le bouddha ? Ce n'est pas possible !

— Mais si ! En trois secondes, tu m'entends ? En trois secondes seulement, un homme très agile a pu monter sur la banquette, plonger le bras dans ton sac, sortir le paquet, le remplacer par un autre paquet contenant les sandwiches, et se rasseoir. Évidemment, il a agi très vite. Mais il avait d'abord repéré exactement la position de ton sac, et il devait connaître la longueur du tunnel, donc le temps dont il disposait.

— Mais qui est-ce ?

— Celui qui a acheté des sandwiches au buffet, bien sûr.

— Le « Père Noël » ?

— Lui-même.

— Mais il avait l'air bien vieux pour faire des acrobaties sur une banquette, dans le noir.

— Il ne doit pas être si vieux qu'il voulait le faire croire. Sa barbe est sûrement fausse. »

M. Panazol se tourne vers Françoise.

« Mais une fois qu'il a pris le bouddha, qu'en a-t-il fait ?

— Il l'a posé sur ses genoux, tout simplement, et a fait semblant de dormir. Nous n'avons pas remarqué le changement de paquet. Même genre de papier, même aspect... Ah ! décidément, c'est un type très fort !

— Vous pensez qu'il s'agit du motocycliste ?

— Évidemment. Une telle astuce... C'est sûrement lui. »

Ficelle demande :

« De quel motocycliste parles-tu, Françoise ?

— De celui qui a mis la pagaille dans le commissariat de Framboisy. Il a déjà tenté de voler le bouddha chez M. Panazol et maintenant il a réussi. J'ai l'impression que nous aurons du mal à le retrouver. »

L'importateur d'objets orientaux boit son

demi de bière, s'essuie le visage et cligne de l'œil vers Françoise.

« Je ne crois pas qu'il sera nécessaire de chercher le voleur.

— Comment ? Vous ne voulez donc pas récupérer votre statue ?

— Non.

— Pourquoi ?

— Parce qu'elle est fausse. »

Du coup, c'est Françoise qui ouvre de grands yeux.

« Monsieur Panazol, j'avoue que je ne comprends pas ! Le voleur a emporté un faux bouddha ?

— Oui. Une imitation en laiton, garnie d'une émeraude en verre taillé.

— Alors nous avons voyagé avec une statue qui ne vaut rien ? Ce n'était pas la peine que je garde l'œil fixé sur le sac de Ficelle !

— Oh ! si. Votre intervention a, au contraire, été extrêmement utile. Je vais tout vous raconter. Garçon ! Un autre demi ! Voilà, écoutez-moi bien... »

D'un même mouvement, les trois filles se penchent vers M. Panazol pour mieux saisir les paroles qu'il va prononcer. En baissant le ton, il explique :

« Il existe deux bouddhas. Un vrai, qui est en or massif, et un faux, qui est en cuivre. Ce dernier est une copie que le gouvernement des Indes a fait exécuter, justement pour dérouter les voleurs éventuels. Sage précaution, n'est-ce pas ? J'ai donc utilisé cette copie pour lancer le voleur sur une fausse piste. À la gare de Framboisy, j'ai remis le paquet à Mlle Françoise en m'assurant que l'on me voie faire. J'étais à peu près certain que, si le motocycliste me surveillait, il apercevrait mon geste. Et ça n'a pas raté ! Il m'a observé et a cru que je vous faisais transporter le vrai bouddha. Il est donc monté dans votre compartiment, a profité de l'obscurité pour mettre ses sandwiches dans le sac de plage, et il a emporté la statue de cuivre.

— Mais la vraie, où est-elle ? demande Françoise.

— Je l'ai gardée avec moi. Elle est dans cette mallette. Tenez, regardez... »

M. Panazol entrouvre sa mallette dans laquelle les filles jettent un coup d'œil. Elles entrevoient l'éclat de l'or et le scintillement du saphir géant. Ficelle fait « Oh ! Ah ! Oh ! » et Boulotte déclare :

« C'est aussi beau qu'un gigot à l'ail avec beaucoup de haricots blancs ! »

Ficelle secoue la tête de haut en bas et dit :

« En tout cas, c'est drôlement bien imaginé, votre système ! Faire croire que nous avions le vrai alors que c'était le faux ! Ça, c'était une astuce ! Une finesse énorme, digne de Fantômette... ou de moi. Parce que moi, j'ai de temps en temps des idées assez géniales. »

Et elle relève le nez en regardant autour d'elle pour s'assurer que l'univers la regarde. Ce qui lui permet d'apercevoir un petit jeune homme vêtu de rouge, coiffé d'une sorte de boîte à camembert, qui s'approche de la table en tenant un paquet. C'est un groom, qui demande à l'importateur :

« Monsieur Gaétan Panazol ?

— C'est bien moi.

— Un paquet pour vous.

— De la part de qui ?

— Je l'ignore, monsieur. On m'a remis ceci en me disant que je vous trouverais à la terrasse du café de *L'Arrivée*.

— Bon, merci. »

Le petit groom reçoit son pourboire et s'éclipse. Intrigué, l'importateur ouvre le paquet. Ce sont quatre exclamations qui saluent l'apparition d'un bloc de métal jaune moulé en forme de dieu hindou. Ficelle le désigne du doigt en s'écriant :

« Le bouddha... le bouddha !

— Oui, dit M. Panazol. Le faux bouddha. Celui que le voleur a pris dans le sac de plage. »

Sous la statue, Françoise trouve une feuille pliée en quatre qu'elle tend à M. Panazol. Il la déplie, lit un texte à haute voix :

« Je vous rends votre statue d'opérette. Sachez que je n'apprécie guère ce genre de plaisanterie. Mais toutes les précautions que vous pourrez prendre ne serviront à rien. Bientôt, le vrai bouddha sera à moi. »

Françoise demande :

« Il n'y a pas de signature ?

— Non. Mais c'est évidemment le motocycliste qui nous envoie ceci. Ah ! j'avais raison d'être inquiet ! Tant que cet objet ne sera pas au Palais des Expositions, il faudra avoir l'œil dessus.

— Un œil aussi aigu qu'une aiguille à repriser ! affirme Ficelle. J'ai justement ce genre d'œil. Le gauche. Je le garderai fixé sur le bouddha comme avec de la colle forte ; et de mon œil droit, j'observerai attentivement les alentours pour inspecter les suspects. Voilà. Inspecter les suspects. Et ma vision sera fortement panoramique... Comme ça... »

La grande fille fait aussitôt une démonstration de sa vision panoramique — ce qui l'oblige à loucher effroyablement.

Gaétan Panazol enveloppe la statue de cuivre, la met sous son bras, prend sa mallette et dit :

« Ne restons pas ici. Allons tout de suite à l'hôtel *Imperator*. Nous y serons plus en sûreté. »

Il fait signe à un taxi dans lequel tout le monde s'installe. Pendant le trajet, Ficelle braque son regard vers la mallette, à la manière dont Boulotte examinerait un ragoût de bœuf aux carottes. M. Panazol s'essuie le front avec un mouchoir. Françoise ferme à demi les yeux, comme si elle somnolait. En fait, elle tente de résoudre un problème : comment le motocycliste va-t-il s'y prendre pour voler le bouddha ?

Le taxi s'arrête devant l'hôtel. À la réception, l'importateur demande si les chambres qu'il a réservées sont prêtes. Le réceptionniste fait un signe affirmatif :

« Oui, je vous ai réservé deux chambres.

— Mais nous sommes quatre. Aurez-vous assez de lits ?

— Je vais arranger cela. Une chambre pour vous, monsieur, et deux autres pour ces demoiselles. Cela ira ? »

Françoise fait un signe affirmatif.

« Je coucherai à part. Les ronflements de Ficelle m'empêcheraient de dormir. »

La grande fille s'indigne :

« Quoi ? Je ronfle, moi ?

— Comme une motocyclette.

— Ah ! décidément, tu es obsédée par les motos, toi ! »

Un petit groom s'approche, prend les valises. M. Panazol fait un geste de surprise, se penche vers Françoise et murmure :

« N'est-ce pas lui qui a apporté le paquet, tout à l'heure ?

— Oui, c'est lui.

— Diable ! voilà qui est bizarre. »

Sous la conduite du groom, M. Panazol se rend dans sa chambre, puis les filles sont dirigées vers deux autres chambres. Françoise au n° 31, Ficelle et Boulotte au 33. La grande fille regarde autour d'elle en s'extasiant sur l'aménagement de la pièce, qui pourtant ne présente rien de bien extraordinaire.

« Oh ! tu as vu, Boulottc ? Il y a des rideaux aux fenêtres ! Et un couvre-pieds sur les lits ! Et une lampe de chevet ! C'est drôlement perfectionné ! »

Pendant que Ficelle pousse des cris d'admiration, Françoise revient près de l'importateur pour tâcher de tirer au clair le problème que pose la présence du groom.

Elle fait remarquer :

« Il doit y avoir une raison pour que le motocycliste ait envoyé le groom de cet hôtel. Et d'abord, dites-moi pourquoi vous êtes descendu ici, à l'*Imperator* ? Vous le connaissez déjà, cet hôtel ?

— Heu... non. Quand je viens à Paris pour mes affaires, je descends habituellement au *Royal*.

— Alors, pourquoi avez-vous changé aujourd'hui ?

— Ma foi, je n'en sais trop rien... Ah ! si ! Hier, j'ai trouvé dans ma boîte aux lettres une publicité... Un dépliant en couleurs. Et au moment où j'ai téléphoné pour retenir les chambres, il se trouve que j'avais ce papier sous les yeux. Alors, au lieu d'appeler le *Royal* j'ai donné le coup de fil ici, à l'*Imperator*.

— Vous ne savez pas qui avait glissé le dépliant dans votre boîte ?

— Non.

— Je vais vous le dire : c'était notre voleur. Il voulait vous inciter à venir dans cet hôtel et non dans un autre. »

M. Panazol secoue la tête d'un air sceptique.

« Allons donc ! C'est un pur hasard si j'ai changé d'avis !

— Je n'en suis pas si sûre. Il y a là un cas de suggestion à distance très curieux.

— Hum ! Ce serait de la magie... Mais dites-moi donc pourquoi le voleur m'aurait fait venir à l'*Imperator* ?

— Je ne peux pas vous répondre, mais il doit avoir de bonnes raisons pour agir ainsi. »

L'importateur s'éponge le front une fois de plus et murmure :

« Ce que vous me dites là n'est pas fait pour me rassurer. J'ai bien envie de mettre mon bouddha dans le coffre-fort de l'hôtel.

— Oh ! attention ! C'est peut-être ce que notre homme attend ! Un coffre-fort ? Rappelez-vous qu'il avait commencé à ouvrir le vôtre.

— Aïe ! Je n'y pensais plus... Eh bien, il va falloir redoubler notre surveillance et faire ce que recommande votre amie Ficelle : coller l'œil sur cette mallette. »

Françoise fait claquer sa langue.

« Attendez ! Ce coffre-fort de l'hôtel... Il y a là une idée à creuser...

— Vous venez de dire vous-même que notre motocycliste est très capable de l'ouvrir.

— Justement ! »

Chapitre 7

Une nuit mouvementée

La grande Ficelle tourne un robinet et s'écrie, ravie :

« Oh ! Tu as vu, Boulotte, il y a de l'eau chaude ! Quel hôtel luxueux ! Et un miroir pour se regarder dedans ! C'est un vrai palace ! J'ai l'impression d'être une grande dame de la haute société ! Pas toi, Boulotte ? Dis ? Tu ne trouves pas ?

— Je trouve surtout que j'ai faim et que c'est bientôt l'heure de dîner. Est-ce que nous n'allons pas descendre ? »

La porte s'entrouvre, et Françoise passe sa tête.

« Oh ! Vous venez dîner ?

— Aaaah ! » fait Boulotte pour toute réponse.

Elles se retrouvent au rez-de-chaussée en compagnie de M. Panazol qui tient serrée contre lui sa mallette. Sur le seuil de la salle à manger, il leur dit :

« Je vous demande une seconde, je vais déposer ceci dans le coffre-fort de l'hôtel. »

Il se rend à la réception, remet la mallette à l'employé en s'assurant qu'il l'enferme soigneusement dans le coffre qui se trouve derrière le bureau. Puis il revient à la salle à manger en disant à haute voix :

« Maintenant, je suis plus tranquille. L'objet n'a plus rien à craindre. »

Pendant le dîner, il se montre d'excellente humeur, allant même jusqu'à rire des plaisanteries de Ficelle, qui ne sont pourtant guère fameuses. Françoise rit aussi, mais de temps en temps elle regarde attentivement autour d'elle, scrutant les visages des autres convives avec l'espoir de retrouver chez l'un d'eux les traits du « Père Noël ». Il y a bien un barbu, mais ses poils sont d'un beau noir bleuté. Ses yeux, en revanche, évoquent un souvenir dans l'esprit de Françoise. Oui, elle a déjà vu quelque part ce regard aigu, transperçant... Mais où ? Peut-être était-ce justement le regard de l'homme à barbe blanche, du « Père Noël » ?

« Si je ne me retenais pas, je me lèverais et j'irais la lui tirer pour voir si elle est vraie ou fausse...

— Qu'est-ce que tu marmottes ? demande la grande Ficelle.

— Rien, rien...

— Je parie, dit Boulotte, que ce brochet à la crème ne lui plaît pas. Pourtant, il est délicieux ! On se mettrait à genoux devant ! »

Après le dîner, l'importateur et les trois filles passent au salon de l'hôtel où un téléviseur diffuse une revue en couleurs des spectacles parisiens. La speakerine annonce :

« À partir de demain soir, vous pourrez applaudir à l'Alcazar d'extraordinaires numéros de music-hall. En particulier les Farfelu Boys, le Motard de la Mort, l'Hercule de Mésopotamie et le magicien Hindrapour. »

« Oh ! je connais tout ça ! déclare Ficelle avec le ton blasé d'une vieille habituée des théâtres. Hindrapour est assez valable, mais j'estime que l'Hercule n'est plus dans le vent. »

La séance télévisée se poursuivant par un documentaire sur la fabrication des turbines à gaz, les filles ne tardent pas à manifester leur intérêt au moyen de longs bâillements. M. Gaétan Panazol donne le signal de la retraite, et tout le monde remonte les étages en direction des chambres. Sur le pas de sa porte, il retient un instant Françoise et chuchote :

« Vous savez, j'ai eu l'air gai pendant toute la soirée, mais dans le fond je ne suis pas tellement rassuré. Croyez-vous que tout se passera bien ? »

Et il lance un coup d'œil vers le paquet posé sur la table de nuit. Ce paquet que le voleur lui a renvoyé avec la lettre menaçante. Françoise fait un signe rassurant.

« Ne craignez rien, monsieur Panazol. Vous pouvez dormir sur vos deux oreilles, puisque Fantômette veille. Bonne nuit !

— Bonne nuit, Françoise ! »

La brunette se rend dans la chambre voisine où Ficelle et Boulotte préparent leur toilette de nuit. La grande Ficelle hésite entre deux chemises, l'une jaune citron, l'autre vert pâle.

« Je me demande laquelle je vais mettre. Ce matin, mon horoscope disait que le jaune m'était favorable, mais je trouve que le vert va mieux à mon teint délicat de blonde. Je me demande ce qu'il faut faire. Qu'en penses-tu, Françoise ?

— Je te conseille de mettre les deux.

— L'une sur l'autre ?

— Oui.

— Je ne vais pas avoir trop chaud ?

— Laisse ta fenêtre ouverte.

— Ah ! voilà une idée géniale. Comme ça, je serai suprêmement élégante et je dormirai bien.

— Alors, c'est parfait. Bonne nuit, vous deux !

— Bonne nuit, Françoise ! »

Boulotte, déjà enfouie dans son lit, grogne « B'nuit ! » et agite une main qui tient un biscuit. Françoise sort. Ficelle réfléchit pendant un moment, puis pousse un cri. Boulotte entrouvre un œil et demande :

« Qu'est-ce qui t'arrive ?

— Il m'arrive que je suis dans une situation affreusement embarrassante. J'ai oublié de demander à Françoise s'il faut mettre la jaune par-dessus la verte ou par-dessous... »

*

* *

Au deuxième étage d'une chambre de l'hôtel *Imperator* un curieux lutin masqué, coiffé d'un bonnet à pompon, agrafe sur ses épaules une cape de soie rouge et jaune au moyen d'une broche d'or en forme de F. D'un coup d'œil dans son miroir, Fantômette s'assure que la ceinture dans laquelle elle a glissé un fin poignard est bien ajustée, et que le pompon de son bonnet est libre de se balancer. Puis elle ouvre la porte de sa chambre et sort dans le couloir. L'hôtel est silencieux. On perçoit seulement, par instants, le ronflement d'une voiture qui passe dans la rue.

Lentement, sur la pointe des pieds, la jeune aventurière glisse jusqu'au palier qui surplombe l'escalier. De ce point, elle peut voir l'enfilade de trois couloirs, les marches montant vers le troisième étage et celles descendant vers le premier. En se penchant sur la rambarde de l'escalier, il lui est possible de surveiller une partie du vestibule qui occupe le rez-de-chaussée. Là, derrière le bureau de réception, elle entrevoit le crâne chauve d'un employé qui somnole sur son journal.

Elle jette un coup d'œil sur sa montre : il

est près de minuit. Quelque part dans les étages supérieurs, un robinet d'eau se met à couler. Puis le silence revient. Le pin-pon d'une voiture de pompiers se rapproche et s'éloigne. La porte d'entrée carillonne et des pas se font entendre. Le réceptionniste lève la tête, dit :

« Bonne nuit, madame, bonne nuit, monsieur ! »

C'est un couple qui revient d'une séance de cinéma, et qui commence à monter l'escalier. Fantômette recule, se cache derrière un placard où les femmes de ménage enferment des piles de draps. Les deux clients de l'hôtel passent devant la jeune justicière sans même soupçonner sa présence, et tout redevient silencieux. Le réceptionniste bâille, plie son journal, referme les yeux.

Dix minutes s'écoulent.

Fantômette tend l'oreille. Au-dessus d'elle — c'est-à-dire au troisième — une porte vient de se refermer avec un léger claquement. Il se produit ensuite une série de pas. Des pas très souples, étouffés par l'épaisseur du tapis. Puis Fantômette perçoit une présence, en haut de l'escalier. Des frôlements, un craquement de marches, puis une ombre qui s'approche...

« C'est lui ! Je parie que c'est lui... Il descend... »

Comme précédemment, elle recule derrière l'armoire et retient sa respiration. L'inconnu vient d'arriver sur le palier. Il s'arrête, se penche au-dessus de la rambarde pour regarder vers le vestibule, exactement comme l'a fait avant lui la jeune aventurière. Il reste là en observation pendant une demi-minute, puis il reprend sa descente furtive. Fantômette quitte alors sa cachette, s'approche de la rambarde et y pose le bout des doigts. Une légère vibration de la rampe indique que l'inconnu continue de descendre. Elle se penche, observe. L'homme parvient au bas de l'escalier. Lentement, il traverse le vestibule, se dirige vers le bureau de réception.

« C'est bien lui... Le barbu brun... Il va droit au coffre-fort. »

Il contourne en effet le comptoir sans que l'employé endormi l'aperçoive, et disparaît du champ visuel de Fantômette. Souplement, celle-ci descend au rez-de-chaussée, se dissimule derrière le dossier d'un large fauteuil. De là, elle voit l'homme manipuler les boutons du coffre. De temps en temps, il tourne la tête pour s'assurer que l'employé est endormi. Sa connaissance des combinaisons est si grande, qu'en trois ou quatre minutes seulement il parvient à faire fonctionner le mécanisme. Il ouvre la porte, sort du coffre la mallette de M. Panazol, referme, revient vers l'escalier, commence à gravir les marches. Fantômette le laisse passer, puis grimpe derrière lui. En silence, l'homme monte les trois étages, ouvre la porte de sa chambre, entre et repousse le battant. Mais celui-ci ne peut se refermer complètement. Un obstacle vient de le bloquer : le pied de Fantômette.

Le barbu rouvre la porte pour voir ce qui se passe et fait « Ouf ! » : Fantômette s'est jetée dans son estomac tête baissée. Il tombe à la renverse, mais en même temps se roule en boule et se relève aussitôt sans lâcher la mallette — ce qui démontre ses qualités acrobatiques. Fantômette constate avec un sourire :

« On voit que vous avez l'habitude de travailler dans les cirques. Trapéziste, jongleur, équilibriste, funambule... Vous avez même dompté des lions et joué du saxophone. J'ai retrouvé dans ma collection de vieux journaux la publicité du cirque Pindar dont vous faisiez partie, mon cher Hindrapour. »

L'homme sourit à son tour.

« Tiens ! Vous m'avez reconnu, malgré ma fausse barbe, mon maquillage et mon changement de costume ?

— Bien sûr. Votre fameuse barbe était blanche dans le train et elle est noire maintenant. Mais vous ne pouvez pas changer la couleur de vos yeux, n'est-ce pas ?

— Sans doute. Mais je suis tout de même surpris par votre lucidité. Comment avez-vous pu faire le rapprochement entre un magicien et un vieillard barbu s'intéressant au boud-

dha ? Il n'y avait aucun lien entre Hindrapour et la statue !

— Oh ! si, il y avait un lien !

— Vraiment ? Et lequel ?

— La moto rouge. Il se trouve que j'ai assisté par hasard à votre équipée nocturne, lorsque vous avez déclenché les sonneries des banques. Or, j'ai reconnu cette moto au Palais des Loisirs, pendant le numéro du Motard de la Mort. Vous aviez volé sa machine ?

— Emprunté seulement, sans qu'il s'en doute. C'est un moyen de transport très pratique en ville. D'ailleurs, je songe à en acheter une. »

Il sourit en caressant sa barbe.

« Avec la fortune que contient cette valise, je pourrais très bien acheter tout un magasin de motos.

— Vous espérez pouvoir revendre le bouddha ? Quand le monde entier saura qu'il a été volé, personne n'osera vous le racheter.

— Erreur ! Le maharadjah de Kalamistra est disposé à l'acquérir, quelle que soit la somme que j'en demanderai. Il considère qu'il s'agit là d'une relique dont la valeur est incalculable. Donc, votre objection ne tient pas. Cela dit, adieu ! »

Hindrapour a revêtu un manteau. De la main gauche, il tient la mallette. De la droite, il saisit un sac de voyage, puis se dirige vers la porte. Fantômette tire son poignard et lui barre le chemin.

« Vous ne passerez pas. »

Les mains embarrassées, le magicien hésite. Il esquisse le geste de poser ses deux charges, mais le poignard vient aussitôt toucher sa poitrine. Pendant un long moment, les deux adversaires se dévisagent, paraissant se défier comme deux chats face à face prêts à se sauter dessus. Puis, petit à petit, Fantômette sent une sorte de lassitude l'envahir. Elle a du mal à soutenir ce regard noir, aigu, ces deux yeux brillants qui lui imposent la volonté du magicien. Tout en ayant conscience qu'il est en train de l'hypnotiser, elle ne peut s'empêcher de subir cette fascination et recule lentement,

jusqu'à heurter la porte. Dans son dos, elle sent quelque chose de dur : la clé. Déjà à demi inconsciente, elle tourne cette clé, la sort de la serrure et se laisse tomber à terre. Un instant, elle échappe au regard de l'Indien, se ressaisit et fait glisser la clé sous la porte, dans le couloir. Hindrapour a vu son geste et compris ce qu'elle voulait faire, mais trop tard. Il lâche son sac de voyage, saisit la poignée de la porte, la secoue sans parvenir à rouvrir le battant.

« Ah ! la petite peste ! Tu vas me payer ça ! »

Mais déjà Fantômette s'est relevée. Elle court à l'autre bout de la pièce, décroche le téléphone, lance un appel :

« Allô ! Venez tout de suite ! Il y a un voleur dans l'hôtel ! »

Puis elle raccroche et lance, ironique :

« Et voilà ! Le maître de l'illusion est coincé ! »

Hindrapour, qui semblait prêt à se jeter sur son adversaire, se ravise. Il réfléchit. La porte est fermée à clé, donc cette issue lui est interdite. Reste la fenêtre, vers laquelle il jette un coup d'œil. Fantômette saisit son regard.

« Vous voulez sauter par là ? Bigre ! Trois étages sans parachute... On va vous ramasser avec une petite cuiller ! »

Elle s'assoit tranquillement sur le lit et attend de voir ce qui va se passer, avec un intérêt visible. Comment Hindrapour va-t-il s'en tirer ?

Il s'approche de la fenêtre, l'ouvre, saisit la poignée de son sac de voyage entre les dents. Puis il enjambe l'appui et disparaît en lançant vers la jeune aventurière un clin d'œil narquois. Du coup, l'inquiétude saisit Fantômette. Le voleur va-t-il s'échapper ? Elle se met à la fenêtre, regarde vers le bas. Avec une agilité prodigieuse, l'Indien descend le long de la façade en s'accrochant aux moindres aspérités. Le voilà déjà au second étage, bientôt au premier. Fantômette murmure :

« Mille pompons ! J'ai oublié que c'est un ancien acrobate ! Dans dix secondes il sera au

rez-de-chaussée. Il s'agit de le rattraper, maintenant, et en vitesse ! »

Alors qu'elle enjambe à son tour l'appui, un fait nouveau se produit : la clé tourne dans la serrure, la porte s'ouvre et le réceptionniste fait irruption dans la chambre, revolver au poing, en criant :

« Haut les mains ou je tire ! »

Fantômette s'immobilise et dit :

« Ce n'est pas moi, le voleur. C'est Hindrapour. Il est en train de s'échapper. »

Avec obstination, l'employé répète :

« Haut les mains, ou je fais feu ! »

Agacée, Fantômette crie à son tour :

« Espèce de triple nigaud, vous m'empêchez de lui courir après !

— Parfaitement. Et vous allez vous expliquer avec la police dès qu'elle sera là.

— La police ? Mais elle est déjà ici, derrière vous. »

L'employé tourne la tête pour regarder dans son dos. Le couloir est parfaitement vide. Quand il porte de nouveau son regard vers

Fantômette, elle a disparu. Il s'élance vers la fenêtre, se penche à l'extérieur, entrevoit une silhouette qui descend le long de la façade avec l'agilité d'un ouistiti. Alors il abaisse le bras, vise et appuie sur la détentc. L'armc fait « Clic ! ».

« Ah ! Zut ! les cartouches sont restées dans le tiroir de mon bureau. »

À l'instant où Fantômette touche le sol, une pétarade s'élève. Dans un fracas assourdissant, Hindrapour, juché sur la moto rouge, passe en trombe devant la jeune aventurière et lui fait un petit salut de la main. Jouant le jeu, Fantômette lui rend son salut et murmure :

« Oui, au revoir, beau magicien. Nous aurons certainement l'occasion de nous revoir un jour ou l'autre. D'ailleurs, tu auras sûrement envie de me revoir, quand tu auras ouvert la mallette. »

Chapitre 8

Inauguration

Hindrapour, coiffé d'un turban rouge, enveloppé d'un grand manteau bleu de nuit piqué d'étoiles, tient par le col une bouteille au ventre arrondi, de forme ancienne. Il la montre à Ficelle.

« Ceci est une bouteille magique, importée d'Orient, qui contenait un géant.

— Un géant ! s'exclame Ficelle. Il pouvait tenir dedans ?

— Oui. Il faut dire que je l'avais tout d'abord réduit à la taille d'un crayon, grâce à

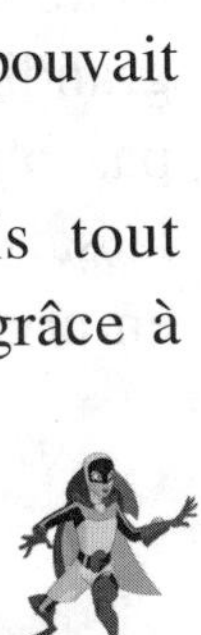

une formule cabalistique : *Abracadabra, abracadabri, et voici !* Mais mon assistante, la princesse Nirvana, a commis l'imprudence d'ôter le bouchon, et le géant s'est enfui. Alors, comme cette bouteille ne doit pas rester vide, il faut que j'y enferme quelqu'un d'autre.

— Qui ?

— Vous ! Vous, la grande Ficelle.

— Moi ? Mais je n'aurai jamais la place de loger dans ce flacon ! Je suis bien trop grande ! »

Le magicien ricane.

« C'est pourquoi je vais d'abord te réduire à la taille d'un crayon. Taille-crayon, ha, ha, ha ! Abracadabra, abracadabri, et voici ! »

Alors, Ficelle se sent rétrécir comme un ballon qui se dégonfle. Sa taille diminue à toute vitesse, tandis que la bouteille paraît grandir démesurément ! Bientôt, Ficelle n'est pas plus haute qu'une allumette. Le magicien la saisit entre le pouce et l'index et la secoue en criant :

« Je vais frotter ta tête et tu vas t'allumer ! Tu vas t'allumer ! Tu vas te lever ! »

Ficelle ouvre les yeux. Boulotte la tient par le bras et la secoue en répétant :

« Tu vas te lever ? Il est plus de neuf heures. Il faut que nous prenions le petit déjeuner.

— Hein ? Quoi ? Heu... Ah ! oui... heu...

— Tu n'as pas l'air dans ton assiette ?

— Je viens de faire un cauchemar affreusement horrible ! Figure-toi... »

Françoise entre en coup de vent.

« Vous venez ? M. Panazol nous attend. »

Ficelle se frotte le bout du nez avec un gant de toilette sec, met une robe vert wagon, pique dans sa coiffure meule-de-paille une épingle ornée d'une coccinelle géante, enfile au pied gauche une chaussette rose, au droit une socquette bleue et se chausse de souliers jaunes. S'étant de la sorte transformée en perroquet, elle déclare qu'elle est prête.

Les trois amies descendent au rez-de-chaussée, retrouvent M. Panazol au bureau de la

réception. Il vient récupérer la statue qu'il a déposée dans le coffre. L'employé dit en souriant :

« Je vous donne votre paquet tout de suite. »

Il tourne les boutons du coffre, ouvre la porte. Son sourire disparaît aussitôt.

« Par exemple ! Le paquet n'est plus là !... Ce n'est pas possible ! »

L'importateur regarde Françoise qui cligne de l'œil, puis il s'adresse au réceptionniste. Le malheureux ne sait plus où se fourrer. M. Panazol fait un geste d'insouciance.

« Le paquet n'y est plus ? Bon, ne vous tourmentez pas, cela n'a aucune importance. Allons prendre le petit déjeuner. »

Éberlué, l'employé regarde s'éloigner ce curieux client qui semble trouver tout naturel d'être volé ! Ficelle, pour sa part, demande quelques explications à M. Panazol. Celui-ci répond, en trempant un croissant dans un bol de café au lait :

« C'est très simple. Votre amie Françoise a

craint que le vrai bouddha ne soit volé, et elle m'a conseillé de mettre le faux dans le coffre. Sage précaution, n'est-ce pas, puisqu'il y a eu vol ?

— Vous avcz donc toujours le vrai ? »

L'importateur tapote sa mallette qu'il a posée sur la table.

« Là-dedans. Mais plus pour longtemps. Dans une heure, la statue sera au Palais des Expositions et elle ne craindra plus rien. »

Pendant toute la durée du petit déjeuner, Ficelle applique à la mallette son fameux regard panoramique. Elle conserve la même attitude vigilante dans le taxi qui se dirige vers le Palais. De temps en temps, elle lance un coup d'œil à travers la lunette arrière pour s'assurer qu'aucun motocycliste ne suit le taxi. Mais apparemment, Hindrapour n'est pas sur ses traces, et le véhicule parvient sans incident jusqu'à l'entrée de l'immense hall où se tient l'exposition *L'Orient en Occident.* Là, un service d'ordre est en place, et M. Panazol doit montrer sa carte officielle pour se faire

ouvrir le passage. Le petit groupe pénètre sous la voûte du Palais où l'on découvre d'un seul coup les splendeurs de l'Orient. Pagodes japonaises multicolores, temples hindous surchargés de sculptures, jardins arabes rafraîchis par l'eau jaillissant de vasques ornées de mosaïques. Ici, un Çiva géant semble faire des signes avec ses bras multiples ; là, des tapis persans sont prêts à s'envoler... Et partout, ce ne sont que coffres incrustés de nacre, défenses d'ivoire ouvragé, plateaux d'argent aux arabesques d'or, gongs de bronze. Des brûle-parfums répandent dans l'air des bouffées d'encens, tandis que des orchestres invisibles diffusent une musique étrange où se mêlent des tintements de clochettes et des pincements de cithares.

M. Panazol jette un bref coup d'œil vers les éventails chinois, les étoffes du Cachemire, hoche la tête en connaisseur et dit simplement :

« Jolies choses. »

Remarquant le Çiva, Ficelle s'écrie :

« Ce doit être drôlement commode, d'avoir six bras ! Avec une main, on peut tenir un peigne, avec la deuxième un miroir, avec la troisième une bombe à laque, le tout sur un vélo et en se grattant le nez ! »

Certains stands sont déjà prêts à recevoir les visiteurs. D'autres sont presque achevés. Des ouvriers finissent de clouer une moquette. Un peintre accroche des pancartes. Au stand du Bengale, des installateurs sont en train d'astiquer une vitrine de forme cubique, posée sur un socle de velours rouge, sous la surveillance d'un jeune homme à lunettes et longs cheveux, vêtu d'une chemise noire et d'un pantalon à carreaux. Il porte sous le menton un nœud papillon aussi grand (ou presque) qu'une hélice d'avion. Ce jeune homme n'est pas un clown, comme on pourrait le supposer à première vue, mais le décorateur chargé du stand.

« Ce n'est pas encore prêt ? demande M. Panazol.

— Si, si. Mais nous avons eu un petit

retard à cause de la vitrine. J'en avais apporté une, mais elle ne plaisait pas au consul des Indes, et il me l'a fait enlever. Il a apporté celle-ci pour la remplacer... Entre nous, la mienne était plus jolie. Une vitrine de cristal posée sur une table à pieds ouvragés. Tandis que celle-ci est en verre ordinaire et n'a qu'un socle sans valeur. Sans doute une vulgaire caisse en bois recouverte de velours. Enfin, ce n'est pas moi qui commande. Tenez, voici la clé... »

M. Panazol prend la clé, la tourne dans une serrure disposée sur le côté du socle, soulève la vitrine qui pivote comme un couvercle. Puis, d'un geste délicat, il dépose la précieuse statue sur un lit de satin blanc, rabaisse la vitrine, referme à clé. Il remet alors cette clé à M. Quincampoix, le commissaire général de l'exposition qui contrôle la livraison des pièces présentées au public. Le commissaire donne un reçu à M. Panazol qui pousse un soupir de soulagement :

« Ouf ! c'est terminé ! Le bouddha authentique est arrivé à bon port et personne ne l'a volé. Me voici un peu plus tranquille ! »

Le décorateur met en place tout autour de la vitrine une barrière de protection, faite d'un cordon de velours rouge torsadé soutenu par des colonnettes de cuivre. Le public sera de la sorte maintenu à distance et ne risquera pas de salir le verre de la vitrine en le touchant. Précautions que Ficelle approuve hautement :

« Il y a toujours des gens qui ont les doigts sales. Boulotte, par exemple. Elle laisse des traces de confiture ou de chocolat dans tous les coins. »

Boulotte veut protester, mais comme elle vient d'enfourner dans sa bouche un bâton de chocolat au lait qui lui gonfle la joue droite comme un ballon, elle ne peut qu'agiter les mains pour exprimer son indignation. Des mains déjà fortement enduites de chocolat.

M. Panazol contemple d'un air satisfait la vitrine qui figure à la place d'honneur, au centre du stand, puis il s'apprête à donner le

signal du départ, lorsque le commissaire de l'exposition revient vers lui.

« Cher monsieur, pourriez-vous attendre encore quelques instants ? Il y a là des journalistes et des photographes qui font un reportage, et ils voudraient vous poser quelques questions...

— Bien sûr ! Qu'ils viennent, je les attends. »

La grande Ficelle a tout entendu. Des reporters ! Des photographes ! La télé peut-être !... Elle sort fébrilement d'un petit sac une glace ronde, un peigne en plastique mauve, et ratisse à toute allure sa botte de paille. Les reporters, qui viennent de visiter l'honorable stand du Japon, se rapprochent, braquent des projecteurs portatifs vers le bouddha. Des éclairs illuminent le stand, on met un micro sous le nez de M. Panazol.

« Oui, cette statue d'or fin est en principe l'image authentique de Siddharta Gautama, le Bouddha en personne. Elle est donc fort ancienne. On l’a découverte par hasard dans une boutique et... »

Boulotte déguste son chocolat. Françoise observe les journalistes pour voir si Hindrapour ne serait pas parmi eux. Ficelle tente de se mettre dans le champ des caméras pour apparaître au journal télévisé. Mais le reportage se termine. Les journalistes poursuivent leur visite en direction du stand iranien pour photographier des tapis. Ficelle confie à M. Panazol :

« Vous savez, je crois qu’on va me voir à la télé ! Je serai bientôt aussi célèbre que la tour Eiffel !

— Et presque aussi grande, ajoute Françoise.

— Je vous en félicite », dit M. Panazol en souriant à la grande fille.

Ficelle se redresse, pointe son menton en l’air.

« Oui, je suis destinée à devenir universellement connue. On parlera sûrement de moi

dans les livres d'histoire et on verra mon portrait à côté de celui du Bouddha ! »

En disant ces mots, elle se tourne vers la vitrine, tendant le bras. Elle pousse un cri de stupeur.

La vitrine est vide.

Chapitre 9

Françoise trouve la solution

Au cri poussé par Ficelle, toutes les têtes se tournent vers elle. La grande fille reste paralysée devant la vitrine vide, bouche ouverte, bras écartés. M. Panazol répète, stupéfait :

« Où est-il passé ? Où est-il donc passé ? »

Les reporters, flairant déjà une bonne affaire, abandonnent les tapis d'Iran pour revenir vers le stand des Indes et photographier l'emplacement où se trouvait la statue. En une seconde, une véritable foule se presse autour de la boîte vide. Les étalagistes, les

décorateurs délaissent leurs stands pour venir voir ce qui se passe, ainsi que les gardiens. Le commissaire de l'exposition s'approche lui aussi et blêmit en voyant le lit de satin vide. Il se tourne vers M. Panazol qui s'essuie le front.

« Que s'est-il passé ?

— Monsieur Quincampoix, je n'y comprends absolument rien ! Il y a deux minutes, le bouddha était là, et maintenant il n'y est plus !

— Quelqu'un s'en est-il approché ?

— Non, il ne m'a pas semblé... Il faudrait demander au décorateur s'il a vu quelque chose... »

Ficelle intervient :

« Je n'ai pas bougé d'ici. Si un voleur s'était approché de la vitrine, je l'aurais vu, avec mon regard panoramique ! »

Françoise approuve :

« Entre le moment où vous avez refermé la vitrine, monsieur Panazol, et celui où nous avons vu qu'il n'y avait plus rien dedans, il ne s'est écoulé qu'une minute. Le temps que le décorateur mette en place le cordon. Et personne n'est entré dans le stand. »

Le commissaire secoue la tête.

« Ce que vous me dites est invraisemblable ! Comment voulez-vous que la statue ait pu disparaître, puisque nous l'avons eue constamment sous les yeux ! »

Françoise entortille une mèche de ses cheveux noirs sur son index et réfléchit. A-t-elle perdu de vue la vitrine ? Non... Si !... Pendant quelques courts instants, lorsque les reporters se sont éloignés vers le stand de l'Iran. Juste au moment où Ficelle a raconté qu'elle allait devenir aussi célèbre que la tour Eiffel. À cette seconde, M. Panazol l'écoutait, ainsi que Boulotte. Le commissaire de l'exposition tournait le dos à la vitrine pour s'apprêter à suivre le mouvement des journalistes.

« Donc, se dit Françoise, pendant une dizaine de secondes peut-être, notre attention s'est détournée du bouddha. Et pourtant, je

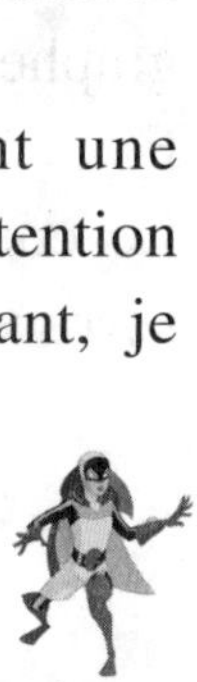

suis certaine que personne ne s'est approché du stand. »

Le commissaire s'arrache les cheveux, M. Panazol tord son mouchoir, Ficelle lève les bras vers la voûte en glapissant :

« C'est incompréhensible ! C'est pharamineux ! »

Quant à Boulotte, elle en oublie de mastiquer le chewing-gum violet (à la myrtille) qu'elle vient de fourrer dans sa bouche. Françoise essaie de se souvenir, de préciser ses impressions. Personne ne s'est approché, effectivement, mais quelqu'un s'est éloigné.

« Le décorateur... il a mis quelques outils dans une sacoche et il est parti vers la sortie... Serait-ce lui le voleur ? Pourtant, il n'a pas ouvert la vitrine. Ça, j'en suis sûre ! »

Se frayant un passage entre les photographes qui continuent de mitrailler la vitrine, Françoise s'en approche, l'examine, la touche. Le commissaire sort la clé, la tourne dans la serrure, fait basculer le parallélépipède de verre. Il allonge le bras, touche le satin avec le vain espoir de faire réapparaître la statue.

Françoise a alors une inspiration. Fermant le poing, elle frappe le lit de satin. Un résonnement sourd se fait entendre.

« C'est creux, là-dessous ! Le socle est vide ! Si vous voulez mon avis, ce satin recouvre une sorte de trappe, une planche qui doit être montée sur des charnières et peut s'abaisser. »

M. Quincampoix ouvre la bouche, surpris :

« Vous croyez, mademoiselle ?

— C'est certain. Puisque la vitrine n'a pas été soulevée, c'est que le fond s'est effacé, et le bouddha est tombé dans le socle.

— Alors, il y est encore ?

— Ça, je n'en sais rien. Il faudrait regarder à l'intérieur. »

Françoise tâtonne le socle, cherchant un mécanisme qui permettrait de faire manœuvrer à nouveau cette trappe. En tournant autour du meuble, elle découvre par-derrière une série de clous dorés qui tiennent en place la drape-

rie de velours. Elle appuie sur les clous un à un. Une pression sur le quatrième provoque un déclenchement, et le flanc arrière bascule, comme une porte de four qui s'ouvre. En même temps, le lit de satin s'abaisse dans la vitrine, à la grande surprise des journalistes qui recommencent précipitamment à prendre des photos. Avec un petit claquement de langue, Françoise annonce :

« Et voilà comment le bouddha a été escamoté ! Il est tombé dans la trappe, puis a été retiré vers l'arrière. C'est tout simplement un tour d'illusionnisme réalisé avec un meuble truqué. Je reconnais là le savoir-faire d'Hindrapour.

— Comment dites-vous ? demande le commissaire.

— Hindrapour. Le magicien qui a déjà essayé de voler le bouddha. Cette fois-ci, il a réussi.

— N'est-ce pas cet Hindou qui fait un numéro de femme coupée en deux ?

— C'est lui. Mais vous voyez qu'il exerce

également ses petits talents en dehors des scènes de music-hall. »

M. Panazol intervient :

« Pourtant, il ne m'a pas semblé qu'Hindrapour ait pris la place du décorateur. Celui-ci est un petit jeune homme fluet.

— Vous avez raison. Ce n'est pas le magicien qui s'est substitué à lui, mais sans doute la princesse Nirvana. »

Ficelle s'écrie :

« C'est évident ! J'avais d'ailleurs remarqué que ce jeune homme avait l'air efféminé. Et j'ai tout de suite deviné que c'était la partenaire d'Hindrapour, grâce au flair délicat de mes narines fines ! Vous comprenez ? J'ai la narine fine, moi ! »

Ficelle a beau insister sur la finesse de sa narine, personne ne lui fait l'honneur de l'écouter. Le commissaire de l'exposition court vers la sortie, interroge un des gardiens qui se trouvent à la porte.

« Avez-vous vu sortir un petit jeune homme

mince, avec une chemise noire et un pantalon à carreaux ? »

Le gardien hoche la tête affirmativement.

« L'espèce de clown ? Je l'ai vu passer à l'instant même.

— Quelle direction a-t-il prise ?

— Il est monté dans une voiture qui semblait l'attendre, et il est parti par là... »

Le gardien fait un geste vague pour montrer un carrefour encombré par le flot de la circulation. M. Quincampoix pousse un soupir et revient vers le stand. M. Panazol l'interroge du regard.

« Rien ! Il est parti. Ou elle est partie, s'il s'agit d'une jeune femme. Aucune chance de la rattraper. Ah ! le coup était bien préparé ! Je me demande comment ils ont pu mettre en place une vitrine truquée... »

Françoise s'avance.

« N'y avait-il pas une autre vitrine prévue à l'origine ?

— En effet. Mais le consul des Indes l'a fait enlever et remplacer par celle-ci.

— Le consul ? Votre consul, c'était Hindrapour ! Il a fait échanger les deux vitrines par le décorateur, c'est-à-dire par sa complice. »

Le commissaire se gratte le bout du nez, perplexe.

« Je vois bien comment Hindrapour a pu faire cette substitution ; mais comment sa complice a-t-elle pu prendre la place du décorateur ? »

La réponse ne tarde guère. Un brouhaha se produit à l'autre extrémité du hall, près d'une sortie de secours. Un étrange personnage vient d'apparaître. C'est un jeune homme maigre, uniquement vêtu d'un maillot de corps et d'un caleçon. Il est encore à demi ligoté par une corde qui lui enserre la poitrine. Nouvelle ruée des journalistes vers cet individu qui explique son aventure, par phrases hachées :

« Je venais d'entrer dans le parking couvert... Je descendais de ma voiture... On m'est tombé dessus... Un homme et une femme... Des espèces d'Orientaux... Ils m'ont enlevé mes habits, m'ont attaché et bâillonné... Et ils m'ont enfermé dans le sous-sol... Je viens de réussir à m'échapper... »

Françoise réfléchit, parlant pour elle-même à mi-voix :

« Donc, toute l'affaire peut se résumer ainsi : Hindrapour et la princesse Nirvana neutralisent le décorateur. Ils enlèvent la vitrine, la remplacent par un meuble truqué. Nirvana attend que le bouddha soit mis à l'intérieur, puis elle le retire, le fourre dans son sac à outils et gagne la sortie. Là, Hindrapour l'attend dans une voiture et tous deux disparaissent. Pendant ce temps-là, que fait Fantômette ? »

Françoise esquisse une grimace et grogne :

« Fantômette, qui s'est montrée incapable d'empêcher ce vol, est bien embêtée, car maintenant, elle n'a plus la moindre idée de ce qu'il faut faire pour retrouver le magicien ! »

Après avoir pris des photos, les reporters se sont rués vers les cabines téléphoniques de l'exposition. Le commissaire Quincampoix est parti vers son bureau pour signaler le vol à la P.J.

M. Panazol se tourne vers les trois filles.

« Je pense que nous ne pouvons plus faire grand-chose ici, maintenant. Qu'en pensez-vous ? »

Ficelle approuve :

« C'est vrai. Nous avons assisté aux événements, et nous devons maintenant méditer fortement pour en tirer des conclusions valables ! »

Boulotte est du même avis :

« Nous pouvons nous en aller, parce que c'est bientôt l'heure de déjeuner. »

Françoise ayant marqué son accord d'un signe de tête, le petit groupe sort du Palais des Expositions, monte dans un taxi et revient à l'hôtel *Imperator*, juste à temps pour se mettre à table. Le début du repas se déroule dans une atmosphère assez sombre. Tous ressentent le choc causé par la disparition de la statue, et plus particulièrement Ficelle, qui croyait que sa vigilance empêcherait toute ten-

tative malveillante. Tout en mastiquant la « terrine du chef », elle maugrée :

« Et pourtant, j'avais un regard panoramique et fortement valable ! Je surveillais le bouddha comme une mère poule qui observe ses œufs d'un œil rond et globuleux ! Notez bien que j'avais prévu ce qui allait se passer... Je me doutais qu'Hindrapour chercherait de nouveau à agresser la statue ! Mais mon flair aigu comme une pointe de compas a été mis en déroute par la ruse traîtreuse... traîtrice...

— Traîtresse, rectifie Françoise.

— ... la ruse horrible du magicien. Je suis sûre que Fantômette elle-même n'aurait pas pu empêcher ce vol !

— C'est vrai », dit Françoise pensivement.

Ficelle agite en l'air un index maigre et prononce :

« Vous voyez bien ! Alors, monsieur Panazol, il ne faut pas vous désoler... Personne n'aurait pu faire mieux. Et puis, cette affaire ne vous regarde plus. Du moment que vous avez remis officiellement le bouddha et signé un papier timbré, vous n'avez plus à vous en occuper ! »

L'importateur fait un geste de protestation.

« Je sais bien que je n'en suis plus responsable, mais je veux tout de même retrouver le bouddha et le ramener au Palais. Sinon, tout le mal que je me suis donné jusqu'à présent n'aura servi à rien ! J'en fais une affaire personnelle, voyez-vous ? Je n'aurai pas de repos tant que je ne me trouverai pas devant cet Hindrapour de malheur. Et à ce moment-là, je vous jure qu'il aura envie d'être à cent lieues de moi ! Je lui ouvrirai le ventre avec un yatagan, je le scalperai avec un coutelas, je le couperai en deux avec... avec...

— ... une scie, après l'avoir enfermé dans une caisse, complète Françoise en souriant.

— Oui ! Il le mérite, ce bandit ! L'ennuyeux est que je ne sais pas comment lui mettre la main dessus. J'ignore son adresse. D'ailleurs, a-t-il seulement un domicile fixe ? Ces artistes de music-hall logent toujours dans des hôtels...

— Donc, vous ne voyez aucune piste possible ?

— Aucune, ma chère Françoise ! Et il faut pourtant agir vite ! Retrouver Hindrapour avant qu'il n'ait vendu le bouddha au maharadjah de Kalamistra.

— Pensez-vous que le maharadjah va venir en France ?

— C'est probable. À moins qu'il n'envoie quelqu'un pour contacter Hindrapour. »

Françoise rêve, laissant refroidir sa tranche de gigot. Boulotte se penche vers elle.

« Le gigot froid, ce n'est pas bon, tu sais. Je vais t'aider à le finir. »

Et la gourmande vole la portion de son amie. Au bout d'un moment, Françoise fait claquer ses doigts.

« J'y suis. Je crois que j'ai trouvé quelque chose...

— Ça m'étonnerait ! dit Ficelle dédaigneusement. Quelle est donc cette idée géniale et lumineuse ?

— Je viens d'imaginer une astuce pour empêcher Hindrapour de vendre le bouddha ! »

Chapitre 10

Enlèvement

Tony Truand entre en coup de vent dans la salle de rédaction de *France-Flash.*

« Alors, il est terminé, ce papier sur le mariage de la princesse de Teplindre ?

— J'ai presque fini.

— Dépêche-toi un peu, Lambinard ! L'édition tombe dans une demi-heure ! Ohé ! Potiron !

— Quoi ?

— As-tu les photos du nouveau champion de boxe ?

— Oui, les voilà... »

Le photographe Potiron tend à Tony Truand, le rédacteur en chef, les photos d'un boxeur en assez piteux état. Tony Truand s'exclame :

« Ouille ! Hou ! là, là ! Il a la figure dans un bel état, Jo Nice ! Regardez-moi ce nez !

— On dirait une tomate écrasée ! Il est joli, le champion ! Enfin, porte ça à la photogravure, et vite ! Œil de Lynx ! Où en est l'affaire du bouddha ? »

Le jeune reporter Œil de Lynx tend au rédacteur en chef une feuille de papier sur laquelle il a tapé quelques lignes. La salle de rédaction est en pleine effervescence, comme toujours. En manches de chemise, Tony Truand se démène comme une bille de flipper, sautant d'un rédacteur à l'autre, invectivant celui-ci, injuriant celui-là, tout en tenant dans la main gauche un téléphone et en rattrapant de la droite une pile de dépêches en train de s'effondrer. Il les laisse tomber pour courir vers un téléscripteur, ou une dactylo, ou un visiteur, le tout dans le crépitement continu des machines à écrire, mêlé aux hurlements d'un téléviseur que personne ne regarde. Il consent à jeter un coup d'œil sur le papier que lui a présenté Œil de Lynx :

La fameuse statue de Gautama Bouddha qui devait figurer à l'exposition orientale de Paris n'a toujours pas été retrouvée. Toutefois, le commissaire Maigrelet qui est chargé de l'enquête serait sur une piste sérieuse.

Tony Truand hausse les épaules et grogne :

« On dit toujours ça quand on nage dans le noir ! Maigrelet n'en sait pas plus que toi, mon petit Œil ! »

Le jeune rédacteur tire sur sa pipe et lance un nuage bleuté dans l'atmosphère déjà fortement épaissie par la fumée du tabac. Il admet :

« Évidemment, je ne sais rien. Mais il faut bien le remplir, notre canard !

— Et tu n'as pas un bout de piste, un petit

quelque chose d'original à dire sur ce bouddha ?

— Tout ce que je peux raconter, c'est qu'il a disparu et qu'on ne sait pas où il est passé. »

Le rédacteur en chef fait un geste d'agacement.

« On le sait, qu'il a disparu ! Débrouille-toi pour me sortir un papier à la hauteur. Je trouve que tu t'endors, ces jours-ci ! »

Cette dernière phrase, prononcée sur un ton de menace, fait passer un frisson dans le dos d'Œil de Lynx. Il est vrai que, depuis plusieurs semaines, il n'a pas eu l'occasion d'écrire un article sortant de l'ordinaire. Peut-être parce qu'il a perdu de vue Fantômette. À plusieurs reprises en effet, la jeune aventurière lui a fait partager son existence dangereuse, l'amenant ainsi à combattre le terrible Furet, ou le brigand Mandrin, ou encore la bande dirigée par le gangster Johnny Baratino. Mais depuis quelque temps Fantômette ne s'est pas manifestée, et Œil de Lynx (qui s'appelle en réalité Pierre Dupont) a quelque peine à trouver de bons sujets d'article. Il soupire, met dans sa machine une feuille de papier blanc, pose sa pipe, s'apprête à écrire une phrase à sensation, lorsque le téléphone se met à sonner. Il décroche.

« Ici Œil de Lynx ! J'écoute...

— Bonjour ! C'est Fantômette qui vous parle. »

Le jeune rédacteur fait un bond sur son fauteuil tournant.

« Fantômette ! Quelle bonne surprise ! Bien content de vous avoir au bout du fil. Je me demandais si vous n'étiez pas prisonnière de quelque bandit ?

— Non, je vais très bien.

— Quoi de neuf ?

— J'ai besoin de vous, Œil. Pour l'affaire du bouddha.

— Le bouddha ! Il me faut justement des tuyaux pour cette histoire-là. Que dois-je faire ?

— Mon cher Œil, je vous préviens tout de

suite que c'est assez délicat. Je ne suis pas certaine que votre Tony Truand sera d'accord.

— Dites toujours... »

Fantômette expose sa requête — ce qui amène un petit sifflement entre les dents d'Œil de Lynx.

« Diable ! Vous me demandez là quelque chose de très particulier, en effet. Mais je vais essayer de convaincre mon rédacteur en chef. Vous verrez le résultat dans la prochaine édition. Seulement il faudra probablement que nous passions un démenti demain matin.

— Peu importe, si mon affaire est faite aujourd'hui. Tant que vous y êtes, un petit communiqué à la radio et la télé...

— Entendu, je vais m'en occuper.

— Merci, Lynx ! À bientôt ! »

Œil de Lynx bourre sa pipe, l'allume, se lève et se dirige résolument vers Tony Truand.

*
* *

Dans sa chambre de l'hôtel *Imperator*, Fantômette vient de repasser son costume de soie au moyen d'un petit fer électrique. Elle vérifie maintenant que les plis de son justaucorps sont bien à leur place, que la cape n'est pas froissée et que le pompon de son bonnet est parfaitement sphérique.

Posé dans un tiroir entrouvert, un transistor diffuse en sourdine un concerto pour ocarina et orchestre à percussion centrale. La musique s'interrompt pour un flash d'informations :

« Nous apprenons à l'instant, selon une dépêche en provenance de Bombay, que le maharadjah de Kalamistra vient d'être victime d'un accident d'aviation. Son appareil personnel a percuté un pic de l'Himalaya et a explosé. »

« Bravo ! Tant mieux ! » dit Fantômette en se frottant les mains.

Elle éteint le poste avec un petit rire et murmure :

« C'est parfait ! Maintenant que le maharadjah est mort, à qui Hindrapour revendra-t-il le bouddha ? Il va être plutôt embarrassé, notre cher magicien. »

Elle plie soigneusement son costume, le met dans un petit sac à main en vernis blanc qu'elle passe à son bras. Puis elle se donne un coup de peigne et sort de la chambre. Il est dix-sept heures.

Dans le hall de l'hôtel *Imperator*, M. Panazol s'assoit dans un confortable fauteuil, ouvre la dernière édition de *France-Flash* et pousse un cri en découvrant un titre inattendu :

Mort du maharadjah de Kalamistra. Le souverain indien était aux commandes de son avion qui s'est écrasé dans le massif de l'Himalaya.

À côté de M. Panazol, occupant également de profonds fauteuils, Ficelle et Boulotte lisent des magazines mis à la disposition des clients. Ficelle demande :

« Que se passe-t-il, monsieur ?

— Il se passe que ce brigand d'Hindrapour ne va plus pouvoir revendre le bouddha. Tenez, lisez... »

Ficelle prend connaissance de l'article et hoche la tête d'un air entendu.

« Je me doutais bien que ça allait arriver. J'étais sûre que ce coquin de magicien ne profiterait pas de son vol malhonnête. C'était évident !... Ah ! voilà Françoise. »

Ficelle bondit vers la brunette qui vient d'entrer dans le hall.

« Regarde, Françoise ! Le maharadjah de Kalamistra est mort ! Hindrapour ne pourra plus lui revendre la statue !

— Je sais, dit Françoise, la radio vient d'annoncer l'accident. »

Vexée de voir son amie déjà au courant, Ficelle se renfonce dans son fauteuil en affichant sur sa longue figure une expression de profonde contrariété, pendant que Françoise s'adresse à M. Panazol :

« Maintenant que le magicien n'a plus d'acheteur, que pensez-vous qu'il va faire ? »

L'importateur se caresse le menton, réfléchit.

« Il ne lui reste, me semble-t-il, qu'à fondre la statue et la revendre sous forme de lingots. Mais je ne pense pas qu'il soit outillé pour faire ce genre d'opération. »

Françoise dit à son tour :

« Mettons-nous à la place d'Hindrapour. Sa carrière d'artiste de music-hall est interrompue, puisque, s'il tente de remonter sur unc scène de music-hall, on l'arrêtera. D'autre part, puisqu'il ne peut plus revendre le bouddha au prix fort, il va sans doute essayer de trouver un acheteur qui le prendra à n'importe quel prix. Qu'en pensez-vous, monsieur Panazol ?

— En effet, il pourrait bien se mettre à la recherche d'un acheteur peu scrupuleux.

— Un receleur, en somme ?

— Oui. C'est ce que je ferais si j'étais à sa place. »

Françoise sourit.

« Parfait ! Dites-moi maintenant, monsieur. À qui vous adresseriez-vous pour revendre le bouddha ? »

Sans hésiter, l'importateur prononce un nom :

« Té-Tou-Fou.

— Un Chinois ?

— Oui. Il a une petite boutique sur la rive gauche. Il vend de la camelote fabriquée à Hong Kong, des éventails ou des statuettes en faux ivoire. Mais surtout, il est mêlé à toutes sortes de trafics louches. S'il y a quelqu'un capable de racheter le bouddha, ce ne peut être que lui. Hindrapour ira certainement le voir. »

Ficelle, qui n'a pas manqué une syllabe des paroles échangées entre Françoise et l'importateur, intervient en se levant :

« Alors, il ne nous reste plus qu'à aller trouver ce M. Té-Tou-Fou et à lui dire : "Honorable Fils du Ciel, quand ce brigand d'Hindrapour viendra vous proposer le bouddha volé, il faudra le mettre de côté pour nous le rendre !” »

M. Panazol répond avec un sourire :

« C’est en effet ce que nous allons faire. Mais si vous le permettez, c’est moi qui m’adresserai à Té-Tou-Fou. »

L’importateur se lève et s’apprête à gagner la sortie en compagnie des trois filles quand le petit groom arrive en courant.

« Monsieur Panazol ! On vous demande au téléphone.

— Tiens ! Serait-ce Hindrapour, par hasard ? »

M. Panazol se rend dans la cabine téléphonique, prend la communication, puis raccroche et revient vers les filles. Ficelle déclare aussitôt :

« C’était Hindrapour ! J’en suis sûre ! Mon petit doigt me l’a dit !

— Votre petit doigt est mal renseigné. C’est M. Quincampoix qui vient de m’appeler.

— Ah ! Il a retrouvé le magicien ?

— Non. Il me signale que la compagnie “L’Imprévoyante” qui a assuré le bouddha pour la durée de l’exposition offre une prime de dix mille roupies à la personne qui retrouvera la statue.

— Dix mille toupies ? Quelle drôle d’idée, d’offrir des toupies !

— Pas toupies, roupies. C’est la monnaie de l’Inde. La prime a été calculée d’après la valeur qu’on a attribuée à la statue dans son pays d’origine. »

Ficelle se tortille comme un asticot que l’on chatouillerait, signe d’un parfait contentement.

« Mon petit doigt me dit que je vais récupérer le bouddha et que je vais toucher les dix mille roupies ! Allons vite chez Té-Tou-Fou ! »

À la demande de l’importateur, le petit groom a arrêté un taxi. Nos amis s’engouffrent à l’intérieur et M. Panazol lance l’adresse au chauffeur :

« Rue des Trois-Ménétriers ! »

Un quart d’heure plus tard, le taxi pénètre

dans l'enchevêtrement des petites rues du quartier Saint-Germain-des-Prés, et s'arrête dans une voie étroite, à sens unique. Entre la librairie *Aux Trois Ménétriers* et le bistrot *Les Trois Ménestrels,* se trouve une boutique peinte en rouge vif, ornée d'inscriptions illisibles pour qui ignore la langue chinoise. Une enseigne indique toutefois qu'il s'agit du magasin *La Jonque*. M. Panazol pousse la porte qui s'ouvre avec un tintement de clochettes. La boutique contient une grande variété de produits orientaux, depuis les baguettes et les bols à riz jusqu'aux bâtonnets de parfum, en passant par les pantoufles de soie brodée de fils d'argent. Il y a là également toute une gamme d'objets importés du Japon, caméras perfectionnées, magnétophones de poche ou appareils-photo miniatures. Pendant que Boulotte s'intéresse aux sachets de soupe chinoise aux champignons, Ficelle tombe en arrêt devant un minuscule téléviseur en fonctionnement, dont l'écran n'est pas plus grand qu'une carte de visite, mais dont le haut-parleur lance des éclats de voix qui font trembler les fines statuettes de porcelaine.

Françoise est en train de se demander si le propriétaire est parti en vacances, quand une voix fluette demande doucement :

« Que puis-je proposer à mes honorables visiteurs ? »

Té-Tou-Fou est là. Il est entré aussi silencieusement qu'un chat. C'est un petit homme au teint parcheminé, vêtu d'une longue robe violette ornée d'un oiseau d'or. Il sourit avec un plissement des paupières qui fait disparaître ses yeux. M. Panazol tousse une ou deux fois, hésite un peu, cherchant ses mots. Puis il explique :

« Hum ! Voilà, cher monsieur... Heu... Nous nous intéressons à l'art indien... Je suis moi-même importateur d'objets orientaux... Tout comme vous...

— Je sais, monsieur Panazol.

— Ah ! vous me connaissez ? »

Le Chinois s'incline en prononçant d'un ton respectueux :

« Les échos de votre grande renommée sont parvenus jusqu'à mes modestes oreilles.

— Eh bien, apprenez que je m'intéresse à un certain bouddha en or. »

Nouvelle inclinaison du Chinois.

« Oui, poursuit M. Panazol, une statue en or fin qui devait figurer à l'exposition *L'Orient en Occident,* et qui a disparu. »

Autre salut de Té-Tou-Fou, qui semble parfaitement au courant du vol. M. Panazol est un peu décontenancé, mais il se reprend :

« Je vois, monsieur Té-Tou-Fou, que vous suivez de près l'actualité. Eh bien, si par hasard quelqu'un vous apporte ce bouddha, voulez-vous être assez aimable pour me le faire savoir ? J'aimerais... le récupérer. »

Le Chinois paraît réfléchir une seconde, puis il dit doucement :

« Cette transaction se ferait, je le suppose, moyennant une honnête redevance ?

— Sans doute, sans doute. Si vous m'apportez le bouddha, je vous le paierai.

— Très bien, cher monsieur Panazol. Dans

ce cas, la modeste somme que j'aurai l'audace de vous demander ne se montera qu'à dix mille misérables roupies. »

M. Panazol manque de s'étouffer. Le Chinois connaît déjà le montant de la prime offerte par la compagnie d'assurances !

Pour se donner le temps de remettre ses idées en place, M. Panazol tire son mouchoir et s'essuie le front. Françoise observe Té-Tou-Fou pour essayer de percer ses pensées. Vraisemblablement, il connaît l'affaire sur le bout des doigts. Peut-être a-t-il déjà reçu la visite d'Hindrapour ? En tout cas, il ne laisse rien paraître de ses sentiments, se contentant d'afficher sur son visage ridé un sourire aimable. Pendant que se déroule cette conversation, Boulotte dresse l'inventaire des préparations culinaires chinoises offertes à la clientèle, et Ficelle tripote des petits émetteurs-récepteurs de radio qui ont les dimensions d'un paquet de cigarettes. Abandonnant un instant M. Panazol, comme pour lui laisser le temps de réfléchir à sa proposition, le Chi-

nois s'approche de Ficelle afin de vanter les qualités de ses talkies-walkies :

« Vous vous intéressez à mes petits appareils, mademoiselle ? Ils sont très faciles à utiliser. Vous appuyez sur cette touche pour parler, et vous faites basculer celle-là pour écouter. Les deux postes fonctionnent sur pile et ont une portée de trois kilomètres. Comme vous êtes une amie, je vous céderai la paire pour une somme absolument ridicule... »

Té-Tou-Fou revient vers M. Panazol en souriant plus que jamais. Un client entre alors dans la boutique. Un homme assez grand, enveloppé dans un manteau sombre, coiffé d'un chapeau à larges bords qui lui donne vaguement l'allure d'un artiste. Il jette un coup d'œil distrait vers les statues et les vases, puis s'arrête devant le téléviseur. Sur le petit écran apparaît le visage d'un commentateur qui annonce :

« Contrairement au communiqué qui vient d'être publié par la presse et la radio, on

nous signale que le maharadjah de Kalamistra est parfaitement vivant. Bien loin de s'être écrasé dans l'Himalaya, son avion est en route vers la France. Il se posera à Orly dans le courant de la soirée. »

À peine le présentateur a-t-il achevé sa phrase, que le client artiste peintre retire son manteau d'un tour de main, le jette sur la tête de Ficelle, enveloppe la grande fille dans ses plis, la soulève et bondit hors de la boutique sous les regards effarés de Boulotte et de M. Panazol. L'inconnu court vers une voiture qui stationne moteur au ralenti, s'y jette avec sa proie. La portière se referme et le véhicule démarre à pleins gaz.

L'enlèvement de Ficelle s'est fait en moins de dix secondes.

Chapitre 11

Dans le 45

Françoise est sortie elle aussi de la boutique à toute allure, mais la porte de la voiture lui a claqué au nez, et tout ce qu'elle peut faire est de noter le numéro de la plaque. M. Panazol sort sur le trottoir. Il sort également son mouchoir de sa poche pour s'essuyer le front et bredouille :

« Que se passe-t-il donc ? Cet homme vient d'enlever Ficelle ?

— Oui.

— Qui est-ce ?

— Vous ne le devinez pas ? C'est Hindrapour, bien sûr !

— Comment ? Il aurait l'audace... ?

— Il a toutes les audaces. Venez, nous n'avons plus rien à faire dans cette boutique. »

Té-Tou-Fou apparaît sur le seuil de son magasin. Comme si rien de particulier ne venait de se produire, il demande d'une voix mielleuse :

« La jeune personne a trouvé le talkie-walkie à son goût ? J'en suis ravi. Voulez-vous emporter le second appareil ? Si l'on n'en possède qu'un seul, cela n'offre aucun intérêt, bien sûr. »

Avec un certain agacement et quelques billets de banque, M. Panazol paie les deux postes, pendant que Françoise se met en travers de la rue pour arrêter un taxi qui, par une chance rare, se trouve libre. Le Chinois s'incline bien bas en priant le Ciel qu'il répande mille faveurs sur la tête de l'importateur qui lui tourne le dos pour bondir vers le taxi. Françoise et Boulotte y ont déjà pris place.

M. Panazol fait un signe de tête et soupire.

« Croyez-vous que nous ayons une chance de les rattraper ? Ils doivent être déjà loin !

— Essayons toujours ! » dit Françoise.

Elle donne l'ordre au chauffeur de rattraper une voiture bleu marine et lui indique le numéro d'immatriculation.

Le chauffeur jubile :

« Une poursuite ? Comme au cinéma ?

— Oui. Un bandit vient d'enlever mon amie. Il faut absolument le rejoindre.

— D'accord ! On y va. »

Ce qui est une façon de parler, car le taxi s'est engagé sur le boulevard Saint-Germain où les voitures n'avancent qu'au pas, pare-chocs contre pare-chocs. La poursuite de cinéma ressemble singulièrement à une procession d'escargots. Françoise fait la moue :

« Nous n'avançons pas !

— Ben, oui, ma petite demoiselle. Mais la voiture bleue ne roule sûrement pas plus vite

que nous. Si ça se trouve, elle est à cinquante mètres devant notre nez...

— J'ai bien envie de descendre et d'aller à pied... »

Toutefois, l'encombrement se dégage un peu et le chauffeur peut passer en seconde, puis en troisième. Il longe le boulevard en direction de l'est. Arrivé près du pont Sully, le chauffeur demande :

« Qu'est-ce que je fais, maintenant ? Je vais à gauche vers la Bastille, ou à droite vers la gare d'Austerlitz ?

— C'est à pile ou face ! » répond M. Panazol.

Françoise réfléchit une seconde, puis lance :

« À droite ! Longez la Seine. »

M. Panazol lève un sourcil et regarde Françoise.

« Pourquoi à droite ?

— Je ne sais pas. Une idée, comme ça... Une intuition. »

Boulotte, qui a entrepris de déguster une

barre de chocolat à la fraise, étouffe un petit rire.

« Si Ficelle était là, elle aurait sûrement dit qu'il fallait prendre à gauche, à cause de son intuition ficellienne. »

Il se trouve que l'instinct de Françoise lui a donné la bonne indication, car une minute plus tard, le taxi se trouve à quelques mètres en arrière de l'auto bleue. Boulotte en oublie de mâcher son chocolat pour crier :

« On la tient ! On la tient ! »

Le chauffeur écrase l'accélérateur, parcourt trois ou quatre cents mètres à toute allure, puis il doit bloquer ses freins devant un feu rouge. Hindrapour en profite pour s'enfuir vers l'avenue des Gobelins. M. Panazol soupire avec découragement :

« Nous n'y arriverons pas ! En plus, il conduit comme un fou ! Ah ! si seulement nous savions quelle direction il va prendre...

— Je crois le savoir, dit Françoise avec calme.

— Vraiment ?

— Oui. Il va prendre l'autoroute du Sud.

— Ah ? Et pour aller où ?

— Dans le Loiret.

— Par exemple ! Comment le savez-vous ? »

Boulotte ôte le chocolat de sa bouche pour demander :

« C'est peut-être grâce à ton intuition françoisesque ?

— Non, pas du tout. Il se trouve que le numéro de la voiture que nous poursuivons se termine par 45.

— Ah ! Et alors ?

— Alors, ma chère Boulotte, le 45, c'est le Loiret. »

Le taxi s'engage sur l'autoroute, sort de Paris. Le chauffeur conduit à toute vitesse, mais sans retrouver la voiture bleue qui doit, elle, rouler au moins aussi vite. Profitant du répit que lui offre ce voyage imprévu, M. Panazol interroge Françoise :

« J'avoue n'avoir pas très bien compris

pourquoi Hindrapour a enlevé Ficelle. Avez-vous votre idée là-dessus ?

— Oui. Hindrapour a d'abord cru que le maharadjah était mort, et c'est précisément ce que nous voulions obtenir. Je me suis arrangée pour faire propager cette fausse nouvelle par la radio et la presse. Le magicien est donc venu chez Té-Tou-Fou pour lui proposer le bouddha. Malheureusement, il se trouve que, juste à ce moment-là, la télévision a démenti la nouvelle, et notre Hindrapour a appris l'arrivée imminente du maharadjah. Du coup, il a compris qu'il pouvait de nouveau vendre le bouddha au prix fort.

— Bon, mais pourquoi cet enlèvement ? Ficelle ne peut lui servir à rien !

— Si ! Elle peut lui servir d'otage. Imaginez que nous allions trouver la police et que nous disions : "Hindrapour est sur le point de vendre le bouddha au maharadjah de Kalamistra." Que se passerait-il ? On organiserait une surveillance serrée autour du maharadjah, et

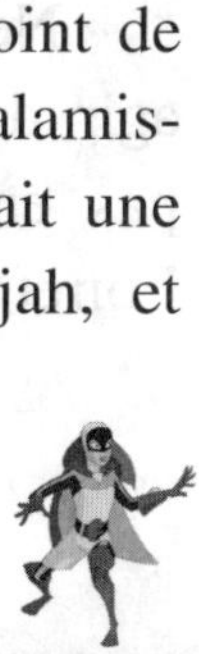

au moment où notre voleur apporterait la statue, il se ferait pincer.

— Alors, que va faire Hindrapour, selon vous ?

— Il va nous menacer de se venger sur Ficelle si nous l'empêchons de rencontrer le maharadjah. »

Boulotte ôte une nouvelle barre chocolatée de sa bouche (parfumée à la vanille) et demande en fronçant les sourcils :

« Tu veux dire que, si nous causons des ennuis à Hindrapour, il va faire des misères à Ficelle ?

— C'est bien possible.

— Alors, il faut arrêter cette poursuite immédiatement ! »

Malgré le tragique de la situation, Françoise ne peut s'empêcher de sourire.

« Ne t'inquiète pas, Boulotte. Nous allons agir discrètement. D'ailleurs, nous ne tenons pas encore Hindrapour. S'il faut fouiller le Loiret maison par maison, nous ne sommes pas encore près de retrouver notre grande nigaude ! »

Après trois quarts d'heure de course folle, Françoise donne une indication au chauffeur :

« Quittez l'autoroute avant Nemours et prenez la nationale 7.

— Entendu, ma petite demoiselle ! »

Le taxi parvient à un embranchement et s'engage à droite. Il traverse Nemours, poursuit son chemin vers Montargis, passe une petite localité dont le nom fait sursauter Boulotte : Souppes. Peu après, une grande borne indique que l'on vient d'entrer dans le Loiret. M. Panazol fait observer :

« C'est maintenant que les choses vont se compliquer ! Comment retrouver la voiture dans ce département ? J'ai bien peur que cette poursuite ne serve pas à grand-chose...

— Attendez, dit Françoise, il ne faut pas se décourager si vite. Voulez-vous me passer le talkie-walkie ? »

M. Panazol tend l'appareil à Françoise qui tire sur l'antenne pour la déployer, appuie sur

le bouton et colle l'écouteur contre son oreille. Boulotte cesse de mâcher un vieux bout de réglisse qu'elle a trouvé au fond de sa poche pour demander :

« Tu entends quelque chose, Françoise ?

— Non, rien. Juste un petit sifflement indiquant qu'il fonctionne, mais il ne capte rien.

— Qu'espères-tu donc entendre ? De la musique ?

— Non. J'espère entendre Ficelle. Si par hasard Hindrapour ne lui a pas confisqué son émetteur, elle va peut-être essayer de s'en servir pour nous dire où on l'a emmenée. »

L'importateur paraît perplexe.

« C'est bien hasardeux ! Nous aurions mieux fait d'alerter la gendarmerie. Elle aurait établi un barrage sur l'autoroute, et à cette heure-ci, Hindrapour serait coincé.

— Vous avez peut-être raison, monsieur Panazol, mais maintenant il est trop tard. »

À la nuit tombante, le taxi parvient à Montargis. Boulotte soupire :

« Nous ferions bien de nous arrêter ici. Il

me semble qu'il est l'heure de dîner. J'aperçois là-bas un restaurant... *Auberge du cheval assis.* Mon flair me dit qu'on doit y manger des quenelles gratinées à la royale et de la fricassée de chapon aux morilles !

— Allons vérifier cela », dit l'importateur.

Cinq minutes plus tard, nos trois voyageurs prennent place sur des chaises de chêne sculpté à dossiers droits, dans une salle de pur style Louis XIII. La cheminée monumentale sert à faire rôtir des poulets embrochés dont le fumet vient chatouiller agréablement l'odorat. Boulotte hume ce parfum en faisant remarquer :

« On se croirait au temps des mousquetaires ! Ah ! à cette époque-là, on savait faire de la bonne cuisine ! On ne mangeait pas du beurre aux enzymes ou du bifteck de pétrole ! »

La truite saumonée que l'on sert à la gourmande n'a fort heureusement aucun goût d'essence. Pendant qu'elle vide son assiette, son amie Françoise se met de temps en temps

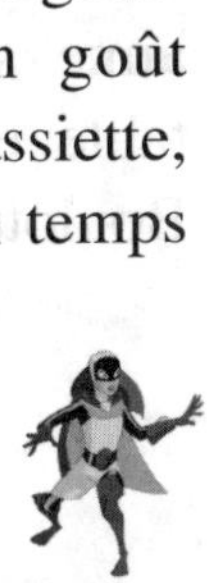

à l'écoute du talkie-walkie. Mais aucun message ne lui parvient. M. Panazol secoue la tête d'un air attristé.

« Ma pauvre Françoise, j'ai bien peur que vous n'arriviez à rien. Le magicien a probablement pris le poste de Ficelle. Je vais alerter la gendarmerie, ce sera plus sûr.

— Plus sûr ? Attention ! Si ce bandit se trouve encerclé par les gendarmes, qui sait ce qu'il fera à Ficelle ! Pour l'instant, nous ne pouvons rien faire.

— Oh si ! coupe Boulotte.

— Quoi donc ?

— Déguster ces pommes soufflées ! Elles sont délicieuses... »

Françoise hausse les épaules, colle de nouveau son oreille contre l'appareil. Mais c'est le silence complet. Elle replie l'antenne. Surgit alors le patron de l'établissement, un gros homme dont le ventre rebondi indique qu'il aime sa propre cuisine. Il s'approche de la table et demande si le dîner a été apprécié. Boulotte agite vivement la tête de haut en bas.

« Oui, c'était monstrueusement valable, comme dit mon amie Ficelle. »

Françoise ouvre alors son sac blanc, en sort une photo découpée dans un magazine et la montre au patron.

« Connaissez-vous cet homme ? C'est un magicien hindou. Un prestidigitateur. »

Le patron examine la photo, gratte son nez vermeil, caresse son triple menton.

« Un magicien, dites-vous ? Je ne crois pas connaître de magicien. Ici, à Montargis, nous ne nous occupons guère de prestidigitation... Pourtant ce visage me dit quelque chose... Oui, j'ai vaguement l'impression d'avoir vu cette tête quelque part... Mais où ?... Ah ! excusez-moi, on m'appelle aux cuisines. »

Il rend la photo et s'éloigne en hâte. Nos amis terminent leur dessert et passent au salon où un téléviseur diffuse un court métrage sur la chasse au hareng saur dans les plaines de l'Asie australe. Boulotte, que le copieux dîner rend somnolente, demande la permission d'aller se coucher dans une des deux

chambres que M. Panazol a retenues. Sollicitée de l'accompagner, Françoise fait un signe négatif.

« Non, je vais attendre encore un moment. Je ne veux pas lâcher le poste. »

M. Panazol se lève alors.

« Eh bien, je vais imiter Boulotte. J'espère que la nuit me portera conseil et me dira ce qu'il faudra faire demain matin pour retrouver votre amie. Bonsoir, Françoise !

— Bonne nuit, monsieur. »

L'importateur sort du salon. Au bout d'une demi-heure, Françoise décide d'en faire autant. Puisqu'il n'y a pas moyen de contacter Ficelle, il faudra se décider à prévenir la gendarmerie qui se débrouillera pour faire des recherches. La brunette met son sac blanc sous son bras, sort du salon et monte l'escalier, tout en continuant d'appliquer le poste contre son oreille. Elle n'a pas monté trois marches, qu'un grésillement se fait entendre, suivi d'un chuchotement :

« Allô ! C'est Ficelle qui parle ! C'est

Ficelle qui parle... M'entendez-vous ? Répondez ! »

Françoise retient un cri de joie et appuie sur la touche d'émission :

« Ici Françoise ! Ici Françoise ! Je t'écoute, Ficelle ! À toi ! »

De nouveau, la voix étouffée de la grande fille parvient jusqu'au talkie-walkie :

« Ici Ficelle ! Je t'entends cinq sur cinq, Françoise ! Mais moi, je ne peux parler que un sur cinq... J'ai peur que les autres ne m'entendent. Ils sont à côté.

— Qui ? Hindrapour et sa complice ?

— Oui. Ils sont dans une pièce voisine.

— Où es-tu, Ficelle ? Que s'est-il passé ?

— Juste après Montargis, l'auto a pris une route qui conduit vers Châteaurenard. Ils m'avaient caché la tête sous un bout de toile, mais j'ai pu en soulever un coin et j'ai vu le nom sur un poteau indicateur, grâce à mon regard ficellien. Ensuite, on s'est arrêtés devant une maison isolée, sur la gauche. Comme je suis très observatrice, j'ai vu sous

mon coin de toile qu'il y a une clochette sur un machin en fer forgé, juste au-dessus du portail. Je n'ai pas eu le temps de voir autre chose, parce qu'on m'a de nouveau enveloppé la tête sous le tissu.

— Bon, je pense que ça suffira comme renseignements.

— Tu viens me délivrer ?

— Oui, je vais venir. Ne t'inquiète pas.

— Je serais plus tranquille si c'était Fantômette qui venait, plutôt que toi. Enfin, tant pis. Dépêche-toi. Il faut que tu viennes vite, tu sais... Parce que j'ai vu...

— Qu'as-tu vu ?

— Hindrapour m'a montré la boîte.

— Quelle boîte ?

— Celle en bois... dans laquelle on met la princesse pour la couper en deux...

— Alors ?

— Alors, Hindrapour m'a dit : “Si tes amis tentent quoi que ce soit pour m'empêcher de vendre le bouddha au maharadjah, je vais t'enfermer dans cette boîte et te scier en deux."

— Ne t'en fais pas, Ficelle, je vais venir. Dans quelle pièce es-tu ?

— Je ne sais pas... On n'y voit rien... Je suis dans le noir... Oh ! la porte s'ouvre... »

Un instant, puis Françoise perçoit nettement une voix d'homme qui s'exclame :

« Quoi ! Qu'est-ce que c'est, ce machin ? Une radio ? Tu appelles tes amis ? Attends un peu, ma petite, ça va te coûter cher ! »

Alors, la voix de Ficelle lance un appel sur un ton affolé :

« Au secours, Françoise ! Au secours ! Au sec... »

Puis il se produit un déclic, et le récepteur devient silencieux.

Chapitre 12

Dans la boîte

Un croissant de lune apparaît de temps en temps entre deux nuages que l'on ne peut distinguer, car ils sont noirs sur un ciel sombre barbouillé sans doute à l'encre de Chine. Le reflet de cette lune mince se pose sur les eaux tranquilles du canal de Briare qui longe la route suivie par Fantômette.

Elle marche d'un bon pas, sur le côté gauche de la chaussée, et ouvre en grand des yeux aussi perçants que ceux d'un chat du même genre. Après un kilomètre, une masse

sombre retient son attention. Il y a là une maison, quelque peu en retrait de la route, qui semble isolée. Fantômette presse le pas, se rapproche du portail, s'arrête devant. Elle constate alors, en levant les yeux, que la porte est surmontée par une sorte d'enseigne en fer forgé à laquelle est accrochée une petite cloche.

« Aucun doute, c'est là ! En principe, je devrais sonner cette cloche pour m'annoncer. Mais il se trouve que j'ai besoin de faire une entrée discrète... »

Elle gonfle d'air ses poumons, prend son élan et escalade le portail avec une agilité qui ferait l'émerveillement d'un chimpanzé. Une seconde après, elle se trouve au milieu de l'allée qui conduit à la demeure. C'est une bâtisse assez vaste, datant probablement du siècle dernier. Le toit d'ardoises est surmonté d'un paratonnerre, et le perron est protégé de la pluie par une marquise de verre en forme d'éventail. Fantômette fait le tour de la demeure et constate que toutes les fenêtres du rez-de-chaussée sont obturées par des volets de fer. Seule une lumière brille au premier étage, mais là aussi des persiennes cachent les fenêtres. Notre héroïne fait la grimace.

« Aïe ! Ça se présente mal... Apparemment, je vais avoir du mal à entrer là-dedans... Je ne peux pourtant pas sonner pour qu'on m'ouvre... »

Elle reste un instant silencieuse, agite les petites cellules grises qui composent son cerveau, puis fait claquer ses doigts.

« Sonner ? Mais pourquoi pas ? C'est encore le moyen le plus sûr ! »

Dans un jardinet qui s'étend derrière la maison, se trouve une cabane à outils. Fantômette a vite fait d'y trouver un râteau à long manche. Elle revient vers le portail, dresse le râteau et frappe deux ou trois fois contre la cloche. Puis, très vite, elle jette l'outil derrière un massif de troènes et court se cacher sur le côté du perron en se recroquevillant comme un hérisson qui se met en boule. La porte de la maison s'ouvre, et une silhouette se

découpe sur le seuil. C'est Hindrapour. Il descend les degrés, s'avance dans l'allée en marmonnant :

« Qui est-ce donc, à cette heure-ci ? »

Il ouvre le portail, fait quelques pas sur la route en regardant à droite et à gauche, mais ne voit évidemment personne. Françoise monte rapidement les marches du perron, entre dans la maison, traverse un vestibule et pénètre dans ce qui paraît une salle de séjour. Elle se dissimule derrière un fauteuil et attend. Quelques instants plus tard, le magicien rentre dans la maison et referme la porte en bougonnant :

« Je me demande quel est l'idiot qui s'est amusé à faire sonner la cloche... Sûrement un jeune de Montargis qui n'a rien de plus intelligent à faire... Bah ! après tout, moi aussi je tirais les sonnettes quand j'étais gamin... »

Il monte un escalier de bois qui conduit au premier étage, puis la lumière s'éteint et Fantômette reste dans le noir. Alors, elle sort d'une poche de son justaucorps une lampe électrique qui n'est guère plus grosse qu'un paquet de chewing-gums et cherche à s'orienter. Elle commence par explorer soigneusement le living dans lequel elle se trouve. L'absence de Ficelle est évidente. Fantômette passe ensuite dans une pièce voisine qui se trouve être la cuisine. Il n'y a personne.

« Bon, puisqu'elle n'est pas là, c'est qu'elle est ailleurs, comme dirait Ficelle ou La Palice. Allons jeter un coup d'œil dans la cave. »

Dans la cuisine, une porte donne accès à l'escalier de la cave. Fantômette le descend et se trouve dans un sous-sol où elle découvre un casier à bouteilles, des sacs de pommes de terre, des vieilles planches, quelques boîtes de conserve, un vélo rouillé, des pneus usés et une demi-douzaine de tableaux représentant des paysages. Elle fait demi-tour, remonte au rez-de-chaussée et poursuit son exploration.

Elle traverse de nouveau la salle de séjour, pousse une porte, promène le faisceau de sa lampe à travers une sorte de salon. Les murs sont tapissés de rouge. Les meubles sont

noirs. Il y a là une table rectangulaire, une armoire, des fauteuils, un grand coffre cerclé de fer muni de chaînes et de cadenas. Dans un coin, allongée sur des tréteaux, se trouve la caisse dans laquelle Hindrapour enferme sa partenaire. Françoise s'approche de la caisse, soulève le couvercle. Elle est vide.

« Ficelle n'est toujours pas là-dedans. Voyons le coffre... »

Délicatement, pour éviter de faire tinter le métal, elle décroche les cadenas qui ne sont pas verrouillés, retire les chaînes. Le coffre contient un assortiment de chapeaux hauts de forme, des lapins en peluche que l'on peut faire sortir de ces chapeaux, divers foulards multicolores, des bouteilles truquées, des anneaux magiques, des ombrelles chinoises ou des jeux de cartes. Fantômette referme le coffre, puis ouvre l'armoire. Là encore, elle ne trouve que du matériel d'illusionnisme ou des jeux d'adresse. Œufs incassables, boules, massues de jongleurs, poignards qu'on lance dans une cible ou pistolets pour casser les pipes.

« Puisque Ficelle continue de briller par son absence, c'est qu'ils l'ont enfermée au premier étage, dans une chambre. Allons-y ! »

Souple et silencieuse, elle monte les marches jusqu'au premier. Un palier, trois portes. Sous l'une de ces portes, un rai de lumière. Fantômette perçoit un bruit de voix. Elle glisse son regard par le trou de la serrure.

Hindrapour est dans la chambre, tournant en rond, les mains au dos. Assise devant une petite table sur laquelle est posé le bouddha, la princesse Nirvana écoute parler son maître qui a l'air particulièrement content de lui. Il semble faire des projets.

« Dès que nous aurons encaissé les roupies du maharadjah, nous filerons à l'aéroport. J'ai les billets pour Istanbul. Nous passons trois ou quatre mois en Turquie, le temps que les choses se tassent, et nous revenons ici.

— En gardant les mêmes noms ?

— Pas question. Hindrapour et Nirvana n'existent plus. Nous deviendrons les Mexicanailles, un couple de jongleurs acrobatiques.

— Avec toutes ces roupies, nous pourrions rester sans rien faire pendant des années.

— Bah ! nous aurions vite fait de nous ennuyer. »

Un silence, puis Nirvana demande :

« Cet appel par radio qu'a lancé la fille, ça ne va pas nous attirer des ennuis ? Si par malheur elle a indiqué l'endroit où se trouve la maison ? »

Le magicien hausse les épaules.

« Et après ? Quand bien même on trouverait la maison, comment pourrait-on découvrir la fille ? Non, nous ne risquons rien.

— Alors, on la laisse en bas ?

— Bien sûr ! Quand j'aurai vendu le bouddha, je téléphonerai au petit père Panazol pour qu'il vienne prendre livraison de sa protégée. »

La princesse bâille, regarde sa montre.

« J'ai sommeil. Il est temps d'aller se coucher.

— Entendu ! »

Fantômette s'éloigne de la porte, redescend

l'escalier, revient dans le vestibule. Ainsi donc, Ficelle se trouve bien dans la maison. En bas, a dit la princesse.

« En bas ? C'est ici. Et pourtant, j'ai regardé partout. Ça, c'est bizarre... À moins que... Elle a peut-être voulu dire "à la cave" ? Est-ce que par hasard... ? Ah ! j'y suis ! »

En courant, mais toujours sans faire le moindre bruit, elle retourne dans la cuisine, ouvre la porte de la cave et descend. Le rayon de sa lampe se pose sur les sacs de pommes de terre.

« Évidemment, c'est là-dedans qu'ils l'ont mise. Pauvre Ficelle ! Elle doit étouffer ! »

La jeune aventurière tire de sa ceinture son poignard florentin, coupe les cordelettes du premier sac qui se présente.

« Mille pompons ! Il est plein de patates... C'est Boulotte qui serait contente de voir ça... Belles frites en perspective ! »

Elle ouvre un second sac, puis un troisième. Il y en a quatre en tout.

« Ficelle est donc dans celui-là. Allez, ma

grande, sors de là, qu'on voie ton beau et intelligent visage ! »

Fantômette ouvre le dernier sac et pousse une exclamation de surprise.

Il est plein de pommes de terre.

Pendant un moment, elle reste immobile, perplexe. La prisonnière n'est pas dans la cave. Ni au rez-de-chaussée. À moins qu'elle ne soit dissimulée sous le canapé de la salle de séjour, par exemple ? La justicière remonte dans la cuisine, inspecte l'intérieur des placards, ouvre même le réfrigérateur. Puis elle visite de nouveau le living. Il n'y a personne sous le canapé, ni derrière les fauteuils.

« Aucune cachette, c'est sûr. Quant au salon de magie, je l'ai épluché en détail. Mille pompons ! Où l'ont-ils fourrée ? Tout de même pas dans le tiroir de cette commode ? Quoique, avec un prestidigitateur, il faille s'attendre à tout ! »

Par acquit de conscience, Fantômette ouvre un tiroir de la commode — qui est peut-être truquée ? — et regarde à l'intérieur. La lumière de sa lampe éclaire un fouillis composé de pelotes de ficelle, vieux papiers, bouchons, tubes de cosmétiques aplatis ou pots à moitié vides, puis accroche un objet aux reflets jaunes.

« Le bouddha ! Le faux, évidemment. Le vrai est là-haut, chez la princesse Nirvana. »

Fantômette s'apprête à saisir la statue pour l'examiner, quand un fait se produit : la salle de séjour s'illumine soudain et une voix s'élève :

« Bonsoir, chère amie ! Je suis ravi de vous voir. Que me vaut le plaisir de cette visite inattendue ? »

Fantômette fait demi-tour. Hindrapour se tient à l'entrée de la salle. Il est vêtu d'une élégante robe de chambre en soie noire ornée de motifs orientaux. Ses pieds sont chaussés de babouches en cuir rouge incrusté d'arabesques en or. Dans la main gauche, il tient un faisceau de poignards analogues à ceux qui se trouvent dans l'armoire du salon. À la main

droite, une cigarette de tabac turc. Il sourit et remarque :

« Vous semblez un peu surprise, ma chère ? Peut-être vous demandez-vous comment j'ai découvert votre présence ?

— Je crois en effet n'avoir pas fait de bruit.

— C'est vrai, vous n'avez pas fait de bruit. Mais vous avez eu le tort d'ouvrir la porte de mon salon d'illusionnisme. Et lorsqu'on pousse le battant, on ferme un circuit électrique qui allume une lampe rouge dans ma chambre, au premier étage. Voyez-vous, il y a dans cette maison quelques petits trucages que je garde secrets. »

Hindrapour tire une bouffée odorante de sa cigarette, se croise les bras sans lâcher ses poignards, et réfléchit. Puis il dit à mi-voix :

« Je suis ennuyé. Votre présence me gêne. Vous mettez votre nez dans mes affaires et c'est agaçant. Et puis vous m'embarrassez. Que vais-je faire de vous ?

— Je pourrais peut-être m'en aller ? » propose Fantômette ironiquement.

Le magicien hausse les épaules.

« Pour que vous alliez tout droit trouver les gendarmes ? Non, pas question. Je pense que je vais vous enfermer, tout simplement. Je vous garde ici jusqu'à demain matin, dix heures.

— Le temps de vendre le bouddha au maharadjah de Kalamistra ? »

Hindrapour lève un sourcil.

« Tiens ? Vous êtes au courant ? Ah ! oui, je vois. C'est votre amie la grande cordelette qui vous a raconté ça dans son petit émetteur de radio ?

— On ne peut rien vous cacher.

— Peu importe que vous sachiez ou non ce que je vais faire. Entrez dans cette pièce. »

Hindrapour ouvre la porte du salon. Fantômette marque une hésitation. Va-t-elle obéir ? En courant vite, elle peut espérer gagner la sortie, s'échapper à la barbe (fausse) du magicien. Mais celui-ci semble avoir saisi sa pen-

sée, car brusquement il lève un bras et projette violemment un des poignards qui fend l'air en sifflant et va se planter dans la cloison, à trois centimètres du visage de notre aventurière. Il gronde :

« Ne cherchez pas à me fausser compagnie, ma jolie ! Je vous conseille fortement de m'obéir au doigt et à l'œil. Entrez dans le salon, vite ! »

Fantômette se rend parfaitement compte qu'il est le plus fort. Entre ses mains, les poignards sont aussi dangereux qu'un revolver. Elle se résigne et pénètre dans le salon. Le magicien désigne alors la caisse de bois.

« Entre là-dedans ! Oui, allez ! Allonge-toi ! »

Fantômette grimpe dans la boîte rectangulaire, s'y couche. Hindrapour rabat le couvercle qu'il verrouille au moyen d'un gros cadenas. La tête de Fantômette sort d'un côté de la boîte et ses pieds dépassent de l'autre. Le magicien ricane :

« On est bien dans cette couchette, n'est-ce

pas ? Évidemment, cela ressemble un peu à un cercueil. Et ce serait un vrai cercueil si je m'amusais à le scier en deux. Mais tu ne risques rien pour l'instant. Du moins, tant qu'on ne cherchera pas à entrer dans cette maison. J'espère pour toi que personne ne connaît ma retraite. As-tu prévenu quelqu'un d'autre ? »

Fantômette secoue la tête.

« Non, cher monsieur, je suis venue toute seule, comme une grande.

— Tu as bien fait. Sinon, tu aurais risqué gros. Tu me sers d'otage, ma petite, ainsi que ton amie la grande asperge. S'il m'arrive le moindre ennui, couic ! Je vous escamote toutes les deux.

— Diable ! Un double assassinat ?

— Mais non, mais non. Je m'arrangerai pour vous faire disparaître, rien de plus. Les disparitions, c'est ma spécialité. Et puis... »

Hindrapour s'interrompt. Quelque part dans le jardin, il y a eu un crissement de cailloux. Il se redresse, tend l'oreille, retient sa respira-

tion. Le bruit se fait entendre de nouveau. Un bruit de pas. Quelqu'un marche dans l'allée qui mène au perron. Le magicien fronce le sourcil, marmonne quelque chose et esquisse un mouvement vers le vestibule, puis stoppe net. Des coups ébranlent la porte, en même temps qu'une voix ordonne :

« Ouvrez ! Au nom de la loi ! »

Hindrapour recule instinctivement en lâchant un juron :

« Mille diables ! Les gendarmes ! Comment ont-ils pu savoir ? »

Il se tourne vers Fantômette et crie :

« C'est toi, hein ? Tu les as alertés avant de venir !

— Je vous assure que non.

— Silence ! Tant pis pour toi ! Tu n'avais qu'à tenir ta langue ! Tu l'auras voulu, petite peste ! »

Hindrapour ouvre l'armoire aux accessoires, y prend une scie et commence à découper la boîte en deux morceaux, tout en riant d'une manière épouvantable.

« Ha, ha ! Mon grand numéro de la princesse sciée en deux... réalisé pour la première fois sans trucage ! »

Chapitre 13

L'introuvable Ficelle

M. Panazol s'est mis au lit, mais il n'arrive pas à dormir. Tourmenté par l'enlèvement de Ficelle, il cherche une solution pour retrouver sa trace, mais sans succès. Il allume sa lampe de chevet, saisit un mouchoir, s'éponge le front, s'aperçoit qu'il a soif. Il se relève alors, passe une robe de chambre et sort dans le couloir avec l'intention de se rendre à l'office où peut-être quelqu'un est encore debout. À peine a-t-il fait trois pas qu'il se trouve nez à nez avec le patron.

« Vous vouliez quelque chose, monsieur Panazol ?

— Oui, je meurs de soif...

— Je vais vous monter une bouteille d'eau minérale.

— Vous serez bien aimable. »

Le patron s'éloigne, puis fait demi-tour.

« Ah ! je pense à une chose... La photo que m'a montrée la petite brunette...

— Oui ? Vous avez trouvé qui c'est ?

— Il me semble. Nous avons dans la région un peintre qui a tout à fait le même visage. Je crois bien que c'est lui qui est sur cette photo. Il s'appelle Balthazar.

— Et où habite-t-il ?

— Dans une maison un peu à l'écart, sur la route de Châteaurenard. »

Très agité, M. Panazol s'exclame :

« Il faut y aller tout de suite ! Vite, prévenir la gendarmerie !

— La gendarmerie ? Pourquoi donc ?

— Le Balthazar en question s'appelle en

réalité Hindrapour, et il a enlevé la jeune Ficelle ! »

Une porte s'entrouvre, et le visage rond de Boulotte apparaît.

« Vous parlez de Ficelle, monsieur Panazol ?

— Oui. Vous ne dormez pas ?

— Ben... non.

— Et Françoise ?

— Elle n'est pas là. Son lit n'est même pas défait.

— Diable ! voilà qui est inquiétant... Je sens qu'il faut aller là-bas le plus vite possible ! »

L'importateur se rhabille à la hâte. Boulotte veut en faire autant, mais M. Panazol l'en dissuade :

« Je crains qu'il n'y ait du danger. Vous ferez mieux de rester là.

— Vous croyez ?

— Oui. Ne bougez pas de votre chambre.

— Mais je vais m'ennuyer, toute seule !

— Le patron va vous apporter un peu de poulet froid.

— Alors, comme ça je reste. Avec un poulet, je ne risque pas de m'ennuyer.

— Je m'en doutais. À tout à l'heure, Boulotte ! »

M. Panazol sort en courant. Dix minutes plus tard, une voiture de la gendarmerie l'emmène à toute allure sur la route de Châteaurenard, puis stoppe devant la propriété du peintre-magicien. Avant de quitter Montargis, on a réquisitionné un serrurier qui bâille en essayant un trousseau de clés sur le portail. Après une demi-douzaine d'essais, il ouvre, et les gendarmes suivent l'allée qui conduit au perron. Le brigadier Mimosa, qui dirige l'escouade, frappe du poing sur la porte.

« Au nom de la loi, ouvrez ! »

Pour toute réponse, on perçoit un éclat de rire inquiétant.

« Dépêchez-vous d'ouvrir ! » dit le brigadier au serrurier.

Nouveaux essais, puis la porte s'ouvre et

les gendarmes font irruption dans le vestibule, pistolet au poing. Suivis par M. Panazol qui s'essuie le front, ils entrent dans la salle de séjour, poussent la porte du salon d'illusionnisme. Ils découvrent alors un spectacle saisissant. Une scie est engagée dans la boîte qui renferme Fantômette. Une boîte qui est déjà à moitié coupée en deux. On se précipite pour délivrer la jeune aventurière qui pousse un soupir de soulagement :

« Ouf ! Trois secondes de plus, et vous auriez eu une Fantômette raccourcie de moitié. Regardez... »

La scie a commencé à entamer les vêtements qui présentent une longue déchirure. Mais Fantômette oublie vite ce détail pour demander :

« Avez-vous attrapé Hindrapour ?

— Nous n'avons pas encore eu le temps, dit le brigadier Mimosa.

— Il a dû monter dans sa chambre pour prendre le bouddha. Sa complice est là-haut aussi. Grimpons vite ! »

Ouvrant le chemin, Fantômette monte rapidement l'escalier, s'arrête devant la porte du magicien et pose une main sur le bouton. Le brigadier intervient :

« Attendez ! Cet homme me paraît indubitablement dangereux. Je sais bien que votre réputation de fille courageuse est péremptoire, mais mon devoir est de passer devant ! »

Fantômette s'efface. Mimosa ouvre brusquement la porte et braque son revolver en criant :

« Haut les mains ! Inutile de résister, vous êtes pris ! »

Puis il entre courageusement. Un courage certain, mais parfaitement inutile, car la pièce est vide. La fenêtre ouverte indique que le magicien et sa complice viennent de s'enfuir en descendant le long de la façade. Petite acrobatie dont ils ont l'habitude. Ils viennent probablement de traverser le jardin et de filer à travers champs. Mais apparemment, ils n'ont pas eu le temps d'emporter le bouddha, puisqu'il se trouve toujours sur la table.

« Bizarre, dit Fantômette, ils ont laissé la statue... Pourtant elle n'est pas tellement encombrante... »

M. Panazol, que son embonpoint a quelque peu retardé pour monter l'escalier, pénètre à son tour dans la chambre en s'épongeant le front. Apercevant la statue, il s'exclame :

« Ah ! la voilà ! Quelle chance ! Ils ne l'ont donc pas emportée ? »

Il saisit la statue, la regarde avec amour. Puis une grimace se dessine sur son visage et il crie :

« Mais c'est la fausse ! C'est celle qui est en cuivre ! Où est donc la vraie ? »

Fantômette fait claquer ses doigts.

« Je le sais, moi ! »

Elle sort de la chambre comme une fusée, dégringole l'escalier, entre dans la salle de séjour et ouvre le tiroir de la commode.

« Mille pompons noirs ! »

Le bouddha n'y est plus. Au même instant, un rugissement de moteur s'élève sur la route, et la voiture de la gendarmerie démarre comme un bolide de formule 1.

« Mille pompons verts ! Ils ont eu le toupet de revenir dans le living pour prendre le bouddha ! Et maintenant, ils piquent l'auto des gendarmes ! »

Le brigadier apparaît dans le vestibule. Il rugit :

« Mais c'est notre voiture ! Ils s'enfuient avec !

— Vous n'aviez donc laissé personne dedans ?

— Si, le gendarme Guimauve. »

On court vers le portail, on découvre le gendarme allongé sur la route, en train de se frotter le dessus du crâne. Le brigadier soupire :

« Cet Hindrapour me paraît être un individu dangereux. Je vais faire établir des barrages...

— Je ne pense pas que ce soit nécessaire, dit Fantômette.

— Vraiment ? Et pourquoi ?

— Je vais vous l'expliquer. Revenons dans la maison.

— Mais nous allons perdre des minutes précieuses ! Pendant ce temps, l'oiseau s'envole...

— Ne vous inquiétez pas, on le retrouvera. »

Intrigué, le brigadier suit Fantômette jusqu'au salon de magie, où la jeune aventurière fait une petite conférence avec un plaisir évident, sûre d'avoir un auditoire attentif :

« Messieurs, laissez-moi résumer la situation. Le magicien Hindrapour, qui fait de temps en temps de la peinture pour se distraire, a volé un bouddha en or massif avec l'intention de le revendre au maharadjah de Kalamistra. Cette vente se fera demain matin avant dix heures. Dans la soirée, la télévision a signalé que le maharadjah était descendu à l'hôtel *Milton*...

— Ah ! je comprends, s'exclame le brigadier, on va pouvoir arrêter Hindrapour au moment où il apportera le bouddha à l'hôtel !

— Voilà. L'ennui est qu'Hindrapour a enlevé la jeune Ficelle pour avoir une otage. Il l'a enfermée, et il ne révélera la cachette que si on ne l'arrête pas. »

Le brigadier plisse son front.

« Vous voulez dire qu'il va vendre la statue, et qu'il parlera seulement après ?

— Oui.

— Eh bien, il faut quand même arrêter ce bandit et le faire parler ! »

Fantômette s'assied sur le coffre, croise les jambes et murmure :

« Un individu de cette trempe est parfaitement capable de garder un secret, même si on cherche à le lui arracher. Et même s'il consent à parler, ça risque d'être trop tard...

— Trop tard ? Comment cela ? »

Fantômette s'apprête à répondre, quand une sonnerie stridente s'élève. C'est le téléphone. Le brigadier va dans le living, décroche, écoute. Puis on l'entend raccrocher rageusement et il revient.

« C'est lui ! Ce bandit d'Hindrapour ! Je

parie qu'il a téléphoné depuis la cabine publique de Montargis.

— Que vous a-t-il raconté, ce cher homme ?

— Il a dit textuellement ceci : "Laissez-moi contacter le maharadjah sans intervenir, sinon Ficelle mourra de faim et de soif." »

Fantômette se mord les lèvres.

« C'est bien ce que je craignais. Il nous faut donc retrouver Ficelle le plus vite possible.

— Avez-vous une idée de l'endroit où elle se trouve ? »

Fantômette fait un signe de tête affirmatif.

« Heureusement, oui. Elle est ici, dans cette maison. Au rez-de-chaussée où nous sommes en ce moment. »

Le brigadier et M. Panazol poussent un soupir de soulagement et retrouvent leur sourire. M. Panazol se frotte les mains.

« Eh bien, c'est parfait ! Délivrons-la tout de suite, et demain matin nous capturerons Hindrapour tout en récupérant le bouddha ! »

La jeune aventurière fait la moue.

« C'est facile à dire. Malheureusement, j'ignore où se trouve la cachette exacte. Je sais qu'elle est au rez-de-chaussée, mais c'est tout. J'ai regardé dans tous les meubles sans résultat.

— Et les murs ? dit le brigadier, ils sont peut-être creux. Nous sommes chez un magicien, alors il y a peut-être des passages secrets, des trappes comme au théâtre...

— Bon. Cherchez, messieurs, cherchez ! »

Fantômette sort du salon de magie, s'assoit dans un confortable canapé de la salle de séjour, bâille et ferme les yeux, pendant que les gendarmes tapent sur les murs et donnent des coups de talon dans le plancher pour voir s'il sonne creux.

Au bout de trois quarts d'heure, le brigadier Mimosa retire son képi, s'essuie le front avec sa manche et se laisse tomber sur une chaise en grognant :

« Rien ! Rien du tout ! Cette maison n'est absolument pas truquée ! La jeune Ficelle n'est pas ici. C'est impossible. Nous avons fouillé partout. »

Fantômette entrouvre un œil et demande :

« Vraiment ? Vous êtes sûr ?

— Absolument ! Où voudriez-vous qu'elle soit ? »

Fantômette se lève, entre dans le salon, se plante et fait un geste circulaire de la main.

« Elle est ici. »

Le brigadier Mimosa n'a pas mauvais caractère, mais il n'aime pas qu'on ait l'air de se moquer de lui. Il se renfrogne, grommelle :

« Vous me racontez des blagues ! Je vous dis que nous avons fouillé partout. Et quand je dis partout, c'est partout ! Nous ne faisons pas les choses à moitié ! »

Fantômette secoue la tête.

« Si nous avions affaire à un bandit quelconque, vous auriez certainement trouvé Ficelle. Mais n'oubliez pas qu'Hindrapour est un illusionniste. Un magicien dont l'art est précisément de convaincre le public qu'une chose ne se trouve pas où on l'attend, et à l'inverse de faire croire qu'un objet se trouve là où il n'y a rien.

— Mais pourtant, nous avons regardé dans tous les coins ! N'est-ce pas, gendarme Guimauve ?

— Indubitablement, brigadier !

— C'est bien aussi votre avis, monsieur Panazol ?

— En effet, je ne vois aucune cachette possible. »

Le brigadier désigne l'un après l'autre les meubles contenus dans le salon :

« Cette armoire ? Elle ne renferme que des accessoires de magie. Ce coffre également. Il n'y a là que des chapeaux et des lapins. Quant à la boîte en bois, vous savez bien qu'elle est vide, puisque vous étiez enfermée dedans. Alors, où voyez-vous une cachette ? Que reste-t-il ?

— Il reste ce meuble, là, dans le coin. »

Fantômette montre la table. Une table bien ordinaire, en bois foncé. Mimosa lève un sourcil.

« Comment ? Vous n'allez pas me faire croire que votre amie est cachée dans un des pieds, ou dans l'épaisseur du plateau ? Vous m'avez dit qu'elle est maigre, mais je suppose qu'elle est tout de même plus grosse qu'un manche à balai ?

— Sans doute. Il n'empêche qu'elle est cachée dans la table. Ou plus exactement sous la table.

— Allons donc ! Montrez-la-moi, alors ! Je vois bien qu'il n'y a rien sous cette table ! Absolument rien. Et pourtant, j'ai une excellente vue, n'est-ce pas, gendarme Guimauve ?

— Excellente, brigadier. Moi aussi j'ai de bons yeux, et je ne vois rien. »

Alors, Fantômette s'avance jusqu'à la table, s'accroupit et allonge le bras.

« Venez jeter un coup d'œil, brigadier. Et venez toucher. Il y a une glace là-dessous. Un miroir calé en oblique, selon une diagonale qui joint deux pieds. Ce miroir cache la moitié de l'espace contenu entre les quatre pieds. Il donne l'impression que le dessous du

meuble est vide, mais il y a derrière un espace invisible. Aidez-moi à tirer la table. »

Les gendarmes s'empressent de soulever la table et de la tirer. On voit alors apparaître une jeune personne assise sur le plancher, soigneusement attachée et bâillonnée. Fantômette annonce, comme si elle était sur la scène d'un music-hall :

« J'ai l'honneur de vous présenter la grande Ficelle, jeune aventurière courageuse et monstrueusement valable ! »

Le brigadier Mimosa tire son canif pour couper les liens, et M. Panazol délie le bâillon. Aussitôt Ficelle s'exclame :

« Ah ! messieurs-dames, quelle aventure ! Je suis sûrement l'héroïne du siècle ! J'ai été enlevée par l'affreux hypnotiseur Hindrapour ! J'ai lancé un S.O.S. à Françoise avec mon talkie-walkie ! J'ai été ficelée comme un saucisson pur porc, comme dirait Boulotte ! Moi, Ficelle, être ficelée ! Vous vous rendez compte ? Mais j'ai été délivrée par Fantômette ! Notez bien que je m'en doutais... Je savais qu'elle viendrait. C'était évident. Seulement maintenant, je suis tout ankylorée... anlykosée...

— Ankylosée, rectifia M. Panazol.

— Comme vous dites ! Mais ça ne fait rien. Pour moi, le plus important, c'est que Fantômette soit venue ce soir. Ah ! je me demande pourquoi elle a une déchirure à son costume. D'habitude elle est plus soignée, n'est-ce pas ? Il faudra qu'elle fasse un raccommodage avec du fil jaune et une aiguille. N'est-ce pas, Fantômette ? Tiens ! Mais... où est-elle passée ? »

Les gendarmes se retournent pour s'apercevoir, à leur tour, qu'il n'y a plus personne.

Épilogue

La grande Ficelle entre d'un pas majestueux dans la chambre de Boulotte. Elle entame un discours :

« Ma bonne Boulotte, figure-toi que... »

La grosse fille porte un index à ses lèvres.

« Chut ! Françoise dort ! Ne crie pas si fort, tu vas la réveiller.

— La réveiller ? Pourquoi pas ? Il faut qu'elle entende le récit authentique de la fan-

tastique aventure que je viens de vivre ! J'ai été enlevée par Hindrapour, l'abominable homme des glaces truquées, et délivrée par l'intrépide Fantômette ! Je veux que Françoise entende ça ! »

La grande Ficelle empoigne Françoise par un bras et la secoue en lui criant dans les oreilles :

« Hé ! Réveille-toi ! Il faut que je te raconte une chose extraordinaire qui vient de m'arriver ! Tu entends ou tu fais semblant de dormir ? »

Françoise tourne la tête, se frotte les yeux et grogne :

« Tu ne peux pas me laisser dormir tranquille, non ?

— Non, impossible ! Il faut que je te raconte...

— Sais-tu quelle heure il est ?

— Heu... Non... Deux heures du matin. Ma super-montre étanche et brevetée marque deux heures.

— Eh bien, c'est l'heure de dormir. Bonne nuit ! »

Ficelle pose ses poings sur ses hanches et s'indigne :

« Comment ! Je m'attaque courageusement à un infernal magicien, il me menace de m'enfermer dans une boîte pour me couper en deux ou trois morceaux, il me ficelle pour m'empêcher de bouger, il me bâillonne pour que je ne puisse pas parler...

— Il avait bien raison !

— ... Et tu voudrais que je me taise ? Tu ne t'intéresses pas à mon aventure inouïe, authentique et formidablement valable ? »

Pour toute réponse, Françoise se retourne et se rendort. Ficelle pince ses lèvres.

« Très bien. Comme tu voudras. N'empêche que mon aventure figurera demain à la première page dans les journaux. On parlera de moi à la radio et à la télé. Je serai la vedette du jour ! Peut-être même la vedette de la semaine ! On verra mon noble visage à la pre-

mière page des journaux et à la dernière page des hebdomadaires ! »

Boulotte bâille, enfile une chemise de nuit et se glisse entre les draps, tandis que la grande Ficelle, debout au milieu de la chambre, se poste devant une glace et poursuit inlassablement :

« On m'admirera ! Je serai le modèle de la jeunesse courageuse et fortement téméraire ! L'héroïne de la France éternelle ! On mettra ma photo dans les salles de classe, entre Vercingétorix, Jeanne d'Arc et Mickey ! On écrira des poèmes sur mes exploits, et j'aurai peut-être mon profil gauche sur les pièces de monnaie. Et je serai tellement célèbre que mon institutrice, Mlle Bigoudi, n'osera plus me donner des verbes à copier ! Elle sera obligée de mettre un A à tous mes devoirs ! Et on me donnera le prix d'excellence à la fin de l'année ! Quand je me promènerai dans la rue, les agents arrêteront les voitures pour que je puisse passer, et on me demandera des orthographes...

— Autographes, rectifie Françoise sans bouger.

— Comme tu dis. Et quand je serai grande...

— Tu l'es déjà, ma petite.

— ... quand je serai grande, je deviendrai présidente de la République ! J'aurai ma statue à tous les carrefours, et des rues porteront mon nom. Le boulevard Ficelle, l'avenue Ficelle, la place Ficelle... la... »

Ficelle bâille, enfile son pyjama en dormant à moitié, se fourre au lit à côté de Boulotte.

Deux minutes plus tard, l'héroïne de la France éternelle ronfle comme une motocyclette rouge.

Table

Composition ***Jouve*** — 53100 Mayenne

Imprimé en France par ***Partenaires-Livres***®
n° dépôt légal : 38843 — octobre 2003
20.20.0866.01/5 - ISBN 2.01.200866.4

Loi n° 49-956 du 16 juillet 1949
sur les publications destinées à la jeunesse